Un cambio de vida

MAUREEN CHILD

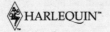

Editado por HARLEQUIN IBÉRICA, S.A.
Núñez de Balboa, 56
28001 Madrid

I.S.B.N.: 978-84-9000-023-6
Depósito legal: B-11172-2011
Editor responsable: Luis Pugni
Preimpresión y fotomecánica: M.T. Color & Diseño, S.L.
C/ Colquide, 6 portal 2 - 3º H. 28230 Las Rozas (Madrid)
Impresión en Black print CPI (Barcelona)
Fecha impresion para Argentina: 21.11.11
Distribuidor exclusivo para España: LOGISTA
Distribuidor para México: CODIPLYRSA
Distribuidores para Argentina: interior, BERTRAN, S.A.C. Vélez
Sársfield, 1950. Cap. Fed./ Buenos Aires y Gran Buenos Aires,
VACCARO SÁNCHEZ y Cía, S.A.
Distribuidor para Chile: DISTRIBUIDORA ALFA, S.A.

Capítulo Uno

A Simon Bradley no le gustaban las sorpresas.

Su experiencia le indicaba que se producía un desastre cada vez que a un hombre se le pillaba desprevenido.

Orden. Reglas. Era una persona disciplinada, por lo que le bastó mirar a la mujer que estaba en su despacho para saber que no era su tipo.

«Aunque es guapa», se dijo mientras la recorría con mirada atenta de arriba abajo. Medía aproximadamente un metro y sesenta y cinco centímetros, pero parecía más baja por su delicada constitución. Tenía el pelo rubio y corto. Llevaba grandes aros de plata en las orejas y lo miraba pensativa con sus grandes ojos azules. Tenía la boca curvada en lo que parecía un esbozo de sonrisa permanente y un hoyuelo en la mejilla izquierda. Vestía vaqueros negros, botas del mismo color y un jersey rojo que se ajustaba a su cuerpo delgado pero curvilíneo.

Simon hizo caso omiso del interés que, como hombre, había despertado en él. La miró a los ojos y se puso de pie tras su escritorio.

—La señorita Barrons, ¿verdad? Mi secretaria me ha dicho que insiste usted en verme por algo muy urgente.

—Sí, hola. Y, por favor, llámeme Tula —contestó ella. Las palabras salieron deprisa de su deliciosa boca mientras avanzaba hacia él con la mano extendida.

Él se la estrechó y, de pronto, sintió una oleada de intenso calor. Antes de que pudiera preguntarse por el motivo, ella lo soltó y retrocedió. Miró hacia la ventana que había detrás de él y exclamó:

–¡Menuda vista! Se ve todo San Francisco.

Él no se dio la vuelta, sino que la miró. Aún sentía cosquillas en los dedos y se frotó las manos para eliminar la sensación. No, desde luego no era su tipo, a pesar de lo que le gustaba mirarla.

–No se ve todo, pero sí buena parte.

–¿Por qué no tiene el escritorio mirando hacia la ventana?

–Porque, si lo hiciera, estaría de espaldas a la puerta.

–Es verdad. De todos modos, creo que valdría la pena.

«Es guapa, pero desorganizada», pensó él. Echó una ojeada a su reloj.

–Señorita Barrons…

–Tula.

–Señorita Barrons –insistió él– si ha venido a hablar de las vistas, me temo que no tengo tiempo. Tengo una reunión dentro de un cuarto de hora y…

–Ya, es un hombre ocupado. Lo entiendo. Y no he venido a hablar de las vistas. Me he distraído, nada más.

«Las distracciones», pensó él con ironía, «son probablemente lo que componen la vida de esta mujer». Ella se había puesto a observar el despacho en vez de ir al grano. La miró mientras ella contemplaba los muebles de diseño funcional, los premios municipales enmarcados y las fotos de los grandes almacenes Bradley diseminados por todo el país.

Se sintió orgulloso al mirar, él también, las fotos.

Llevaba diez años trabajando sin descanso para reconstruir una dinastía familiar que su padre había estado a punto de arruinar. En esa década no sólo había recuperado el terreno perdido a causa de la falta de instinto para los negocios de su padre, sino que había llevado la cadena familiar de centros comerciales mucho más lejos que ningún otro.

Y no lo había conseguido distrayéndose, ni siquiera a causa de una mujer bonita.

—Si no le importa —dijo rodeando el escritorio para acompañarla a la puerta— estoy muy ocupado.

Ella le sonrió abiertamente y Simon sintió que el corazón le daba un vuelco. Los ojos de ella se iluminaron y el hoyuelo de la mejilla se le marcó más, y de pronto se convirtió en lo más hermoso que había visto en su vida. Trató de apartar ese pensamiento de su mente y se dijo que tenía que controlarse.

—Perdone, perdone —dijo Tula—. De verdad que he venido para hablarle de algo muy importante.

—Muy bien, ¿qué es eso tan importante que ha hecho que jurase que se pasaría una semana esperándome si no la dejaban hablar conmigo inmediatamente?

—Lo mejor será que se siente.

—Señorita Barrons…

—Muy bien, como guste. Pero no diga que no se lo advertí.

Él miró el reloj de forma harto significativa.

—Ya sé. Es un hombre ocupado. Pues ahí va. Felicidades, señor Bradley, es usted padre.

Él se puso rígido y perdió toda su cortesía y la tolerancia divertida que hasta entonces había desplegado.

—Se le han acabado los cinco minutos, señorita Barrons —la agarró del codo y la condujo a la puerta con firmeza. Aunque fuera guapa, no le iba a salir bien el juego que se trajera entre manos. Él no tenía hijos: lo sabía perfectamente.

–¡Eh! ¡Espere un momento! ¡Vaya forma de reaccionar!

–No soy padre –declaró él con los dientes apretados–. Y créame que si me hubiera acostado con usted me acordaría.

–No he dicho que yo fuera la madre.

No la escuchó y siguió tirando de ella hacia la puerta.

–Se lo hubiera dicho más despacio –balbuceó ella–. Ha sido usted quien ha querido que lo hiciera directa y rápidamente.

–Ya veo. Lo hubiera hecho en mi propio beneficio.

–No, bobo, en beneficio de su hijo.

Simon vaciló a pesar de que sabía que mentía. ¿Un hijo? Imposible.

Ella aprovechó su momentánea detención para soltarse y alejarse de él. Lo miró con amabilidad pero con determinación.

–Comprendo que se haya sorprendido. Cualquiera lo hubiera hecho.

Simon negó con la cabeza. Ya estaba bien. No tenía ningún hijo y no iba a aceptar el plan para enriquecerse que ella hubiera urdido en sus fantasías.

–No la he visto en mi vida, señorita Barrons, por lo que es evidente que no tenemos un hijo. La próxima vez que trate de convencer a alguien para que le pague por un niño que no existe, trate de que sea un hombre con quien se haya acostado.

Ella lo miró momentáneamente confusa, pero después se echó a reír.

–No, no, ya le he dicho que no soy la madre. Soy la tía. Pero es evidente que es usted su padre. Nathan tiene sus mismos ojos y la misma barbilla que demuestra obstinación. Lo cual no es una buena señal, supongo. Pero la obstinación a veces es una cualidad, ¿no cree?

Nathan…

El supuesto niño tenía nombre.

Eso no implicaba que aquella situación fuera real.

–Esto es una locura –afirmó él–. Es evidente que busca algo, así que, ¿por qué no lo suelta y acabamos de una vez?

Ella se dirigió de nuevo hacia el escritorio y él se vio obligado a seguirla.

–Me había preparado un discurso, pero usted me ha metido prisa y ahora todo es confuso.

–Creo que la única confusa aquí es usted –dijo él mientras se acercaba al teléfono para llamar al personal de seguridad para que la acompañaran a la calle y él pudiera seguir trabajando.

–No estoy confusa, ni tampoco loca –declaró ella al ver su expresión–. Deme cinco minutos.

Simon colgó sin saber por qué, tal vez por el brillo de sus ojos azules. Pero tenía que averiguar si había una mínima posibilidad de que estuviera diciendo la verdad.

–Muy bien –dijo él mirando el reloj–. Cinco minutos.

–De acuerdo –ella inspiró profundamente–. ¿Recuerda haber salido con Sherry Taylor, hace aproximadamente año y medio?

–Sí –afirmó él con cautela.

–Soy su prima, Tula Barrons. En realidad me llamo Talullah, como mi abuela, pero es un nombre tan horrible que prefiero que me llamen Tula.

Él no la escuchaba pues se había concentrado en el vago recuerdo de una mujer de su pasado. ¿Sería posible?

–Sé que cuesta admitirlo –continuó ella–, pero mientras Sherry y usted estuvieron juntos se quedó embarazada. Dio luz a su hijo hace seis meses en Long Beach.

–¿Qué?

–Ya lo sé. Tenía que habérselo dicho. De hecho traté de convencerla para que lo hiciera, pero me respondió que no quería inmiscuirse en su vida, así que…

Inmiscuirse en su vida.

Eso era quedarse corto. Por Dios, ¡ni siquiera recordaba el aspecto de aquella mujer! Se frotó el entrecejo como si quisiera aclarar sus borrosos recuerdos, pero lo único que halló fue la vaga imagen de una mujer a la que había visto en algunas ocasiones durante un periodo de dos semanas.

¿Y se había quedado embarazada? ¿De él? ¿Y no se había molestado en decírselo?

–¿Por qué? ¿Cómo?

–Buenas preguntas –afirmó ella volviendo a sonreírle, esta vez compasivamente–. De verdad que siento darle esta sorpresa, pero…

Simon no quería su compasión. Buscaba respuestas. Si realmente tenía un hijo, tenía que saberlo todo.

–¿Por qué ahora? ¿Por qué su prima ha esperado hasta ahora para decírmelo y por qué no está aquí?

A ella se le empañaron los ojos y Simon pensó, horrorizado, que se iba a echar a llorar. No soportaba ver llorar a una mujer, se sentía totalmente impotente. Pero un instante después, ella recuperó el control y consiguió evitar las lágrimas, cosa que a él, sin esperárselo, le resultó admirable.

–Sherry murió hace dos semanas –dijo ella.

Otro sobresalto en una mañana repleta de ellos.

–Lo siento –dijo él, aunque sabía que lo hacía sin convicción, pero ¿qué otra cosa podía decir?

–Gracias. Fue en un accidente de coche. Murió instantáneamente.

–Mire, señorita Barrons…

Ella suspiró.

–Si se lo ruego, ¿me llamará Tula?

–Muy bien, Tula –se corrigió él pensando que era lo mínimo que podía hacer si tenía en cuenta las circunstancias. Por primera vez en mucho tiempo lo habían pillado desprevenido.

No sabía cómo actuar. Su instinto le indicaba que buscara al niño y que, si era su hijo, lo reclamara. Pero lo único con lo que contaba era con la palabra de aquella desconocida y con sus propios recuerdos, demasiado borrosos para fiarse de ellos.

¿Por qué, si aquella mujer se había quedado embarazada, no había acudido a él si el niño era suyo?

–Mira, lamento decirte que no recuerdo bien a tu prima. No estuvimos juntos mucho tiempo y no sé por qué estás tan segura de que el niño es mío.

–Porque Sherry dio tu nombre en el certificado de nacimiento del bebé.

–¿Y no se molestó en decírmelo? Podía haber puesto el nombrc de cualquiera.

–Sherry no mentía.

Simon se echó a reír ante una afirmación ridícula.

–¿Ah, no?

–Muy bien. Te mintió, pero no hubiera mentido a su hijo sobre su apellido.

–¿Por qué voy a creerme que el niño es mío?

–¿Tuvisteis relaciones sexuales?

–Bueno, sí, pero…

–Y sabes cómo se hace un niño, ¿verdad?

–Muy graciosa.

–No intento serlo. Sólo pretendo ser sincera. Mira, puedes hacerte la prueba de la paternidad, pero te aseguro que Sherry no se habría referido a ti como el padre de Nathan en su testamento si no estuviera segura.

–¿En su testamento? –una señal de alarma sonó en la cabeza de Simon.

–¿Todavía no te he contado eso?

–No.

Ella hizo un gesto negativo con la cabeza y se dejó caer en una de las sillas frente al escritorio.

–Perdona, pero llevo dos semanas en que no he parado entre el accidente de Sherry, la organización del funeral, el cierre de su casa y el traslado del niño a la mía, en Crystal Bay.

Al darse cuenta de que aquello iba a ser mucho más largo que los cinco minutos que le había concedido, Simon se sentó a su escritorio. Al menos, desde allí, dominaba la situación

–Me estabas hablando del testamento.

Tula metió la mano en el gran bolso que le colgaba del hombro, sacó un sobre de papel Manila y lo dejó en el escritorio.

–Es una copia del testamento de Sherry. Si lo lees, verás que me ha nombrado tutora temporal de Nathan hasta que esté segura de que estás preparado para ser su padre.

Simon lo leyó rápidamente hasta encontrar lo referente al niño: *La custodia del menor, Nathan Taylor, es del padre del niño, Simon Bradley.*

Se recostó en la silla y releyó aquellas palabras hasta estar seguro de que se le habían grabado en el cerebro. ¿Eran verdad? ¿Era él el padre?

Alzó la vista y se encontró con los grandes ojos azules de Tula que lo estudiaban. Estaba esperando que dijera algo.

Pero él no sabía qué decir.

Siempre había tenido cuidado en su relación con las mujeres. No quería ser padre. Recordaba vagamente haber estado con Sherry Taylor, pero sí se acordaba con precisión de la noche en que se le había roto el preservativo. Un hombre no olvida esas cosas. Pero ella nunca le había dicho nada de un niño, así que se había olvidado del incidente.

Era posible.

Podía tener un hijo.

Tula lo observaba mientras él aceptaba la nueva situación. Y lo que vio hizo que a sus ojos ganara puntos. Era cierto que al principio, había estado algo tenso… bueno, grosero. Pero era algo que cabía esperar pues no todos los días uno descubría que tenía un hijo.

Mientras leía el testamento, Tula reconoció que Simon no era en absoluto como se lo esperaba. Sherry y ella no estaban muy unidas, pero Tula creía conocer qué clase de hombres le gustaban a su prima.

Y no eran precisamente los altos, morenos, guapísimos y refunfuñones. Normalmente Sherry se inclinaba por los tipos tranquilos y cariñosos. Y Simon no encajaba de ninguna manera en aquella descripción. Desprendía energía y fuerza. Desde el momento en que había entrado en su despacho se había sentido atraída hacia él, lo cual no le hacía ninguna gracia, ya que no quería complicarse aún más la vida.

–¿Qué es lo que quieres de mí exactamente?

La voz de Simon interrumpió sus pensamientos. Lo miró a los ojos.

–Me parece que es evidente.

–Pues no lo es –afirmó él mientras dejaba los papeles sobre el escritorio.

–Bueno, ¿qué te parece esto? ¿Por qué no vienes a mi casa y conoces a tu hijo? Después hablaremos para ver qué hacemos.

Simon se frotó la nuca. Tula se dijo que le había dado demasiada información de golpe y que necesitaría tiempo para asimilarla.

–Muy bien –dijo él–. ¿Cuál es la dirección?

Se la dijo y vio que se levantaba, lo cual era una clara indicación de que la estaba echando. No le importó porque tenía cosas que hacer y, de momento, no había nada más que decir. Se puso de pie y le tendió la mano.

Tras un segundo de vacilación, él se la estrechó. En el momento en que sus palmas se juntaron, ella sintió una descarga eléctrica, al igual que le había sucedido antes. Él debió de sentir lo mismo, ya que la soltó rápidamente y se metió la mano en el bolsillo.

Ella sonrió forzadamente.

–Entonces hasta esta noche.

Mientras salía sintió la mirada de él en la espalda y el calor que le produjo le duró todo el largo trayecto de vuelta a casa.

Capítulo Dos

–¿Cómo ha ido?

Tula sonrió al oír la voz de su mejor amiga. Tenía la certeza de que Anna Cameron Hale era el único ser humano en el que podía confiar, así que, en cuanto volvió de San francisco de ver a Simon Bradley, marcó su número de teléfono.

–Como me habías dicho.

–¿No sabía nada del niño? –preguntó Anna.

–No –Tula se giró para mirar a Nathan, sentado en su sillita. La señora Klein, la canguro, le había dicho que el niño se había portado de maravilla mientras ella estaba fuera. Al mirar al niño, el corazón le dio un vuelco. ¿Cómo era posible querer tanto a alguien en cuestión de un par de semanas?

–Hay que decir en su defensa que tiene que haber sido un shock enfrentarse a algo así sin esperárselo –afirmó Anna.

–Es verdad. Yo, que sabía de la existencia de Nathan, me quedé anonadada cuando Sherry murió y tuve que hacerme cargo de él –aunque no había tardado más de cinco minutos en aceptar la nueva situación–. Pero cuando se lo dije a Simon fue como si le hubiera atropellado un camión.

–Siento que no te haya ido bien. ¿Qué vas a hacer?

–Simon va a venir esta noche a conocer a Nathan

y después hablaremos –recordó la sensación que había experimentado al estrecharle la mano y trató de borrar el recuerdo.

–¿Va a ir a tu casa?

–Sí, ¿por qué?

–Por nada, pero estaba pensando que podría pasarme para ayudarte.

Tula sabía a lo que Anna se refería y se rió.

–No vas a venir a limpiarme la casa. No se trata de un miembro de la realeza ni nada parecido.

Anna también se rió.

–Muy bien, pero adviértele al entrar que mire por dónde pisa.

Tula se alejó de la encimera de la cocina y echó una ojeada a su minúsculo salón. El suelo estaba lleno de juguetes, su ordenador portátil estaba abierto en la mesa y el último manuscrito se encontraba a su lado. Lo estaba revisando y, cuando trabajaba, descuidaba otras cosas, como ordenar la casa.

Se encogió de hombros y reconoció que, aunque limpia, la casa estaba desordenada, sobre todo desde que Nathan vivía con ella.

–¡Por qué te habré llamado! –exclamó Tula.

–Porque soy tu mejor amiga y sabes que me necesitas.

–Justo por eso –Tula sonrió mientras le alisaba el pelo a Nathan, que parloteaba alegremente–. Es extraño, Anna. Simon ha sido grosero y desdeñoso, y sin embargo…

–¿Qué?

Sentía interés por él. Lo pensó, pero no lo dijo. No se lo esperaba ni hubiera querido que fuera así, pero no podía pasarlo por alto. Esa clase de hombres trajeados era justamente la que menos le interesaba.

Y lo único que le faltaba era sentirse atraída por el padre de Nathan. La situación ya era bastante complicada de por sí. No obstante, no podía negar el calor que había sentido cuando sus manos se habían tocado.

Lo cual no implicaba que tuviera que hacer algo al respecto.

—¿Me oyes? —preguntó Anna—. Acaba lo que estabas diciendo. Y sin embargo…

—Nada —respondió Tula con repentina determinación. No iba a permitirse sentir atracción por un hombre con el que no tenía nada en común salvo un niño del que hacerse cargo.

—¿Y esperas que me lo crea?

—Te lo pido como amiga.

Anna suspiró de forma dramática.

—Muy bien. De momento. Entonces, ¿qué vas a hacer esta noche?

—Simon va a venir y hablaremos de Nathan. Organizaremos el modo de que conozca al niño y yo pueda observarlos juntos. Puedo manejar a Simon —afirmó sin saber si trataba de convencer a Anna o a sí misma—. Recuerda que me crié con hombres como él.

—Tula, no todo el que lleva un traje es como tu padre.

—Todos no, pero la mayoría.

No había quien pudiera saberlo mejor. Toda su familia prácticamente había nacido con el traje puesto y llevado una vida aislada y agobiante dedicada exclusivamente a ganar dinero. Tula estaba casi convencida de que sus familiares no sabían que había un mundo más allá de la estrecha parcela que constituía el suyo.

Por ejemplo, sabía lo que Simon Bradley pensaría de su minúscula casa porque sabía exactamente lo que habría pensado su padre si se hubiera dignado visitarla: que era vieja y pequeña y que era una vergüenza que su hija viviera allí.

–Mira, la verdad es que no importa lo que el padre de Nathan piense de mí o de mi casa. Nuestro único vínculo es el niño, así que no voy a montar un número ni a cambiar mi vida para tratar de convencer a un hombre al que no conozco de que soy lo que no soy.

–Lo entiendo perfectamente –dijo Anna riéndose suavemente.

–Llevamos mucho tiempo siendo amigas.

–Probablemente, y por eso sé que vas a hacer pollo al romero esta noche.

Tula sonrió. Anna la conocía muy bien. Siempre preparaba ese plato cuando tenía compañía. Y a no ser que Simon fuese vegetariano, todo iría bien. Pero ¿y si lo era? No, los hombres como él iban a comer carne con sus clientes.

–Has acertado. Y después de cenar fijaremos un horario para que conozca a Nathan.

–¿Tú? ¿Un horario?

–Puedo ser una persona organizada –se defendió Tula–. Pero prefiero no serlo.

–Vale. ¿Cómo está el niño?

–Es una maravilla. De verdad es un crío buenísimo. Y muy listo. Esta mañana le he preguntado dónde tenía la nariz y se la ha señalado.

La realidad era que estaba agitando un conejito de peluche y se lo había aplastado contra la cara. No era lo mismo, pero se acercaba.

–O sea que irá a Harvard.

–Mañana mismo lo apunto en la lista de espera –Tula se rió–. Tengo que colgar. He de preparar el pollo, bañar a Nathan y tal vez bañarme yo también.

–De acuerdo, pero llámame mañana para decirme cómo ha ido todo.

–Lo haré –colgó y echó una ojeada a la cocina, pequeña pero alegre, con armarios blancos, una encimera azul y cacerolas de cobre que colgaban sobre la cocina.

Le encantaba su casa. Y le encantaba su vida.

Y quería a aquel niño.

Simon Bradley iba a tener que esforzarse mucho para convencerla de que era digno de ser el padre de Nathan.

Horas después, el olor a romero flotaba en la casita al lado de la bahía.

Tula bailaba en la cocina las canciones de rock que oía en la radio y, cada pocos pasos, se inclinaba a besar al niño, sentado en su silla. Nathan le sonreía y el corazón de Tula se esponjaba de alegría.

–Riéndote de cómo bailo no vas a conseguir que te quiera –dijo Tula mientras lo besaba en la cabeza y aspiraba su olor a limpio.

El niño volvió a sonreír y pateó con fuerza.

Tula suspiró y le alisó el pelo. Llevaban juntos dos semanas y ya le resultaba imposible imaginarse la vida sin él. Le había robado el corazón desde el momento en que lo tomó en brazos por primera vez, y nunca se lo devolvería.

Y tenía que entregar a Nathan a un hombre que, sin duda, lo criaría en el mismo ambiente estricto y viciado en que ella había crecido ¿Cómo iba a poder soportarlo? ¿Cómo iba a condenar a aquella criatura a la vida reglamentada de la que ella había huido?

Pero ¿cómo evitarlo?

No podía.

Lo que implicaba que sólo le quedaba una opción: si no podía impedir que Simon tuviera la custodia de Nathan, tendría que hallar el modo de que Simon se relajase y saliera del mundo «trajeado» para que no hiciera con Nathan lo que su padre había intentado hacer con ella.

Miró al niño a los ojos y le hizo una promesa.

—Me aseguraré de que sepa divertirse, Nathan, no te preocupes. No dejaré que te ponga un traje para llevarte a la guardería.

El niño se puso a dar palmas.

—Me alegro de que estés de acuerdo. Tu padre va a llegar enseguida. Lo más probable es que proteste y se queje por todo, pero no le hagas caso. No le durará mucho. Vamos a cambiarlo por su propio bien, por no hablar del tuyo.

Nathan le sonrió.

Tula se inclinó para volverlo a besar en el momento en que sonó el timbre de la puerta.

—Aquí está. No te muevas que voy a abrirle.

No le gustaba dejar solo a Nathan en la silla alta, a pesar de lo bien sujeto que estaba. Así que se apresuró a cruzar el salón, cuyo suelo volvía a estar lleno de juguetes, a pesar de que los había recogido. Pero Nathan y ella habían vuelto a jugar después de poner el pollo en el horno. Ya era tarde para preocuparse. Abrió la puerta y tuvo que tragar saliva.

Allí estaba Simon, algo más alto de lo que lo recordaba. No llevaba traje, lo que le produjo una enorme sorpresa. Y se sorprendió aún más al ver lo bien que le había sentado quitarse el «uniforme». Con aquellos vaqueros negros y zapatillas deportivas aún estaba más guapo, lo cual era desconcertante. Parecía otro. Lo único que a ella le resultó familiar fue el ceño fruncido.

Cuando se dio cuenta de que no dejaba de mirarlo, dijo con rapidez:

—Hola, pasa. El niño está en la cocina y no quiero dejarlo solo. Cierra la puerta, por favor, que hace frío.

Simon intentó decir algo, pero aquella maldita mujer ya se había ido. Era cierto que podía haber hablado, pero no lo había hecho porque se la había quedado mirando, al igual que antes en su despacho.

Sus ojos azules eran fascinantes. Cuando los miraba se olvidaba de lo que pensaba y se perdía en ellos durante unos segundos. Le costaba reconocerlo, pero era así. Frunció aún más el ceño y se dijo que estaba allí para establecer unas normas y para que Tula Barrons entendiera perfectamente cómo se iba a desarrollar aquella extraña situación. Y en lugar de eso, allí estaba, en el porche, pensando en lo bien que podían sentarle a una mujer unos vaqueros gastados.

La siguió. Estaba allí por el niño. ¿Su hijo? Le resultaba difícil creerlo, pero tenía que asegurarse. Porque si era suyo, no consentiría que nadie más lo criase.

Desde que aquella mujer se había marchado del despacho esa mañana, sólo había pensado en ella y en el niño. Como no podía concentrarse ni trabajar, había ido a ver a su abogado.

Tras la visita, había dedicado las dos horas siguientes a pensar en el corto tiempo que pasó con Sherry Taylor. Y tenía que reconocer que existía la posibilidad de que el niño fuese suyo.

Al entrar, pisó algo que lanzó un chillido de protesta. Miró y vio un reno de goma e hizo un gesto negativo con la cabeza mientras cerraba la puerta, gesto que repitió al echar una ojeada al interior de la vivienda. Si hubiera más de dos personas en aquel salón, no podrían respirar. La casa era pequeña pero... brillante. Miró desconcertado las paredes de un azul casi eléctrico.

Había un sofá y una silla colocada frente a la chimenea encendida. El suelo estaba lleno de juguetes y una estrecha escalera conducía a una segunda planta, todavía más pequeña.

Era una casa de muñecas. Oyó a Tula en la cocina hablando con la voz cantarina que se utilizaba con los bebés. Se dijo que tenía que ir allí, pero no se movió. No tenía miedo del niño ni nada parecido, pero sabía que, en el momento en que lo viera, su vida tal y como había sido hasta entonces dejaría de existir.

Nada volvería a ser igual, si el niño era su hijo.

Le llegó la risa del niño desde la cocina. Inspiró profundamente y trató de dirigirse hacia allí. Pero siguió sin moverse. Se puso a mirar los cuadros de las paredes, en la mayoría de los cuales se veía un conejo con las orejas gachas en diferentes posturas. No entendía por qué Tula había colgado aquellos cuadros infantiles, pero estaba descubriendo que la señorita Barrons era distinta de todas las mujeres que había conocido.

El niño volvió a reírse.

En tres zancadas, Simon entró en la cocina, pintada de amarillo, y del tamaño del vestidor de su casa. Volvió a sentirse fuera de lugar pues la casa parecía construida para gente pequeña, y un hombre de su tamaño tenía la impresión de tener que agacharse para no dar con la cabeza en el techo.

Observó que la cocina estaba limpia, pero llena de cosas. Se le hizo la boca agua por el olor procedente del horno y le sonaron las tripas.

Su mirada se posó en Tula que acababa de agarrar al bebé. Ella se lo colocó en la cadera derecha, dedicó una sonrisa deslumbrante a Simon y dijo:

–Éste es tu hijo.

Simon lo miró fijamente mientras el niño lo miraba a él con unos ojos muy parecidos a los suyos. Su abogado le había aconsejado que no hiciera nada hasta haberse hecho una prueba de paternidad, pero Simon, a la hora de tomar decisiones importantes, se guiaba por su instinto, que hasta el momento no le había fallado.

Así que había ido allí a ver al niño antes de hacer nada con respecto a la prueba de paternidad que su abogado quería porque estaba prácticamente convencido de que el niño no era suyo.

Pero una sola mirada le bastó para cambiar de opinión. A pesar de ser obstinado, no era ciego. El niño se parecía tanto a él que no era necesaria la prueba de la paternidad, aunque, de todas maneras, se la haría. Siempre hacía las cosas de forma lógica y razonable.

–Nathan –dijo Tula– éste es tu papá.

Ella trató de aproximarse a Simon, pero él levantó la mano para que se quedara donde estaba. Tula se quedó inmóvil, le dirigió una mirada burlona y preguntó:

–¿Qué pasa?

¡Todo! Le latía el corazón aceleradamente y tenía un nudo en el estómago. Se preguntó cómo había sucedido aquello, cómo no había sabido nada de la existencia de aquel niño. Tenía derecho a saberlo. Tenía que haber estado en el momento de su nacimiento y haber visto cómo despertaba al mundo.

Todo eso le había sido robado.

–Un momento –Simon miró al niño al tiempo que trataba de hacer caso omiso de la expresión de pocos amigos de Tula. Le daba igual lo que pensara de él. Lo importante es que su mundo se acababa de derrumbar.

Era padre.

Se sintió orgulloso y aterrorizado a la vez. Miró el pelo castaño oscuro del niño, sus ojos castaños y, por último, notó que el labio inferior comenzaba a temblarle.

–Vas a hacer que llore –Tula le dio palmaditas en la espalda.

–No he hecho nada.

–Pareces enfadado y los bebés son muy sensibles a los estados de ánimo –trató de calmar al niño susurrándole–. ¿Siempre estás con el ceño fruncido?

–No…

–¿Te pasaría algo si le sonrieras?

Enfadado porque había que reconocer que Tula

tenía parte de razón, Simon esbozó lo que pensó que sería una sonrisa tranquilizadora.

Ella se echó a reír.

–¿No sabes hacerlo mejor?

Él habló en voz baja, pero sin ocultar su irritación.

–Tal vez sea mejor que yo me haga cargo de él a partir de ahora.

–No veo el motivo –contestó ella en tono agradable–. Sherry me nombró tutora de Nathan y no me gusta cómo lo tratas.

–No he hecho nada.

–Exactamente. Ni siquiera te has acercado a él. ¿Has visto alguna vez a un niño?

–Por supuesto, lo que pasa es que estoy…

–¿Sorprendido? ¿Confundido? ¿Preocupado? Pues imagínate cómo estará él. Ha perdido a su madre, ha perdido su casa y está en un lugar desconocido con desconocidos que lo cuidan. Y ahora hay un matón enorme que lo fulmina con la mirada.

–Un momento, maldita sea…

–No digas tacos delante del niño.

Simon inspiró profundamente y le lanzó la mirada iracunda que reservaba para los empleados a los que quería aterrorizar. Ella, por supuesto, no le hizo ni caso.

–Si no puedes ser agradable y ni siquiera fingir bien cuando sonríes, tendrás que marcharte –dijo ella. Después se dirigió al niño–. No te preocupes, cielo, porque Tula no dejará que el hombre malo te atrape.

–¡No soy malo, por Dios! –ya había tenido bastante. Nadie lo iba a castigar y mucho menos aquella mujer baja y curvilínea que lo miraba indignada.

Cruzó la cocina, le arrancó el niño de los brazos y lo sostuvo frente a sí. El niño no hizo amago de llorar y los dos se miraron.

El bebé era un peso sólido y cálido en sus manos. Movió las piernas y los brazos mientras dedicaba a su padre una sonrisa desdentada. Simon experimentó una opresión en el pecho, sintió los latidos del corazón del niño bajo la mano y se produjo una conexión que nunca antes había experimentado. Era primaria y total.

Se quedó estupefacto.

En ese instante, se sintió perdido.

Supo que aquél era su hijo y que haría lo que fuera para tenerlo consigo.

Si aquella mujer se interponía en su camino, pasaría por encima de ella sin dudarlo ni un instante. Sus ojos debieron de revelar sus pensamientos porque Tula alzó la barbilla, lo miró sin miedo a los ojos y le dijo en silencio que no estaba dispuesta a ceder ni un centímetro.

Muy bien.

Pronto aprendería que cuando Simon Bradley peleaba por algo, nunca perdía.

Capítulo Tres

–Lo sostienes como si fuera una granada a punto de estallar –dijo ella poniendo fin a la silenciosa lucha.

Simon no estaba seguro de que no fuera a hacerlo; o a llorar, o a soltar algún fluido corporal.

–Tengo cuidado.

–Muy bien –dijo ella mientras se sentaba en una silla.

Él la miró y después volvió a mirar al niño. Con cuidado, se sentó en la otra silla que había al lado de la mesa del tamaño de un sello. La silla parecía tan frágil y estrecha que creyó que se rompería con su peso, pero lo sostuvo. Seguía sintiéndose demasiado grande para aquella casa. Se preguntó si ella no lo habría dispuesto todo para que se sintiera fuera de lugar, para sabotear esa primera reunión.

Balanceó con suavidad al bebé en una rodilla mientras con la mano lo sujetaba por la espalda. Después miró a Tula, sentada frente a él.

Tenía los ojos fijos en él y esbozaba una media sonrisa. Había pasado de contemplarlo como si fuera el mismo diablo a hacerlo con una expresión de benevolencia divertida que tampoco le gustaba.

–¿Te diviertes? –le preguntó él en tono seco.

–Pues sí.

–Me alegro.

–No te alegras –dijo ella sonriendo–, pero no importa. Me tenías preocupada.

–¿Por qué?

–Por cómo te ibas a comportar con Nathan –respondió ella mientras se recostaba en la silla. Cruzó los brazos y, sin darse cuenta, elevó sus hermosos senos–. Cuando lo has visto por primera vez, parecías…

–¿Cómo?

–Aterrorizado.

Simon se dijo que aquello era humillante, además de falso.

–No estaba asustado.

–Claro que lo estabas. ¿Y quién hubiera podido echártelo en cara? Tendrías que haberme visto la primera vez que tomé a Nathan en brazos. Me preocupaba tanto que se me cayera que casi lo asfixio.

A Simon nada en la vida lo había aterrorizado tanto como el momento en que agarró a su hijo, pero no iba a reconocerlo, y mucho menos ante Tula Barrons.

Se removió incómodo en la estrecha silla. ¿Cómo podía sentarse en ella un adulto?

–Además –añadió ella– ya no tienes ese aire de llevarte todo por delante.

Simon suspiró.

–¿Siempre eres tan brutalmente sincera?

–Normalmente, y te ahorra mucho tiempo, ¿no crees? Y, si mientes, tienes que recordar las mentiras que has dicho y a quién se las has dicho, lo cual me parece agotador.

«Es una mujer interesante», pensó Simon mientras su cuerpo percibía otras cosas sobre ella, como la forma en que el jersey verde se le ajustaba a los senos, o lo estrechos que eran los vaqueros, o que iba descalza y llevaba las uñas pintadas de rojo oscuro y un anillo en el dedo gordo del pie, lo que era increíblemente sexy.

No se parecía en absoluto al tipo de mujeres que conocía y prefería. Sin embargo, Tula tenía magnetismo. Había algo en ella...

–¿Vas a seguir mirándome toda la noche o vas a hablar?

Irritante.

–Sí, voy a hablar –replicó él, molesto porque lo hubiera pillado mirándola con tanta intensidad–. En realidad, tengo mucho que decir.

–Estupendo, yo también –se levantó, le quitó al niño antes de que pudiera protestar y lo volvió a sentar en la silla alta. Lo sujetó con las correas y sonrió a Simon.

–Podemos hablar mientras cenamos. He hecho pollo. Y cocino bien.

–¿Eres también sincera en eso?

–Pruébalo y lo verás.

–Muy bien, gracias.

–¿Ves? Ya nos llevamos muy bien. Háblame de ti, Simon –le pidió mientras le ponía al niño en su bandeja un plátano cortado en rodajas.

Inmediatamente, Nathan se rió, agarró una rodaja y la espachurró con el puño.

–No se lo está comiendo –apuntó él mientras ella sacaba el pollo del horno.

–Le gusta jugar.

A Simon le llegó el delicioso aroma que salía del horno y tuvo que obligarse a decir:

–No debería jugar con la comida.

Ella se volvió a mirarlo.

–Es un bebé.

–Sí, pero…

–Las servilletas se lavan.

Él la miró con el ceño fruncido. Tula lo había malinterpretado a propósito.

–Tranquilo, Simon. Te prometo que no aplastará los plátanos cuando esté en la universidad.

Ella tenía razón, desde luego, aunque le costara reconocerlo. Pero no estaba acostumbrado a que la gente discutiera con él, sino más bien a que se apresurara a complacerlo y a anticipar sus necesidades. No estaba habituado a que lo corrigieran, y no le gustaba.

Al pensarlo, hizo una mueca porque, incluso a él mismo, le pareció una postura arrogante.

–Así que decías…

–¿Qué? –preguntó él.

–Me hablabas de ti –afirmó ella mientras sacaba los platos y las copas, buscaba los cubiertos en el cajón y ponía la mesa.

–¿Qué quieres saber?

–Pues, por ejemplo, ¿cómo conociste a la madre de Nathan? Sherry era mi prima y tengo que reconocer que no eras su tipo.

–¿En serio? ¿De qué tipo soy?

–Vaya, qué susceptible eres –dijo ella sonriendo–. Me refería a que no pareces un contable ni un genio de la informática.

–Supongo que debo darte las gracias.

–Estoy segura de que también los habrá atractivos, pero Sherry no conoció a ninguno que lo fuera –puso una bandeja en la encimera y comenzó a trinchar el pollo. ¿Cómo os conocisteis?

Simon se distrajo quitando trozos de plátano del pelo del niño.

—¿Qué importancia tiene?

—Ninguna. Simplemente me pica la curiosidad.

—Preferiría no hablar de ello —había cometido un error que no había vuelto a repetir y no le gustaba comentarlo, sobre todo con esa mujer, que sin duda se reiría de él o le volvería a dedicar una sonrisa triste y compasiva para la que no estaba de humor.

—Muy bien. ¿Cuánto tiempo estuvisteis juntos?

La irritación de Simon se manifestó en su voz.

—¿Estás escribiendo un libro?

Ella lo miró sorprendida.

—No, pero Sherry era mi prima, Nathan es mi sobrino y tú eres mi… Bueno, alguna relación habrá entre nosotros y estoy intentando descubrirla.

Y él estaba reaccionando de forma exagerada. Hacía mucho tiempo que no se sentía desconcertado, pero desde que Tula había entrado en su despacho, su mundo parecía vacilar. La observó mientras se acercaba a la cocina, echaba el puré de patatas en un bol y luego llenaba otro más pequeño con brócoli. Llevó todo a la mesa y le pidió que sirviera el vino.

Simon lo hizo y se alegró al ver la etiqueta. Cuando llenó las copas, inclinó la suya hacia la de Tula.

—No intento complicar aún más las cosas, pero esto ha sido una sorpresa tremenda. Y no me gustan las sorpresas.

—Ya me he dado cuenta —afirmó ella mientras agarraba el tarro de comida infantil que había abierto y dejado en la mesa. Mientras le daba una cucharada a Nathan, volvió a preguntarle:

¿Cuánto tiempo estuvisteis juntos Sherry y tú?

–No te das por vencida, ¿verdad? –observó él admirando su insistencia.

–No.

–Dos semanas. Era una mujer agradable, pero lo nuestro no funcionó.

Tula suspiró.

–Muy propio de ella. Nunca estuvo mucho tiempo con ningún hombre. Tenía miedo de cometer un error, de elegir al hombre equivocado, pero también de estar sola. Tenía miedo de casi todo.

Entonces Simon recordó. A pesar de las imágenes borrosas de Sherry, recordó con bastante claridad lo que había experimentado. Se había sentido atrapado por la forma de aferrarse a él de aquella mujer, porque le exigía más de lo que podía darle, por la ansiedad que siempre brillaba en sus ojos.

En aquellos momentos se sintió… no exactamente culpable, pero tuvo remordimientos. Él se había alejado de su vida sin mirar atrás mientras ella había dado a luz a su hijo. Pensó que había hecho lo mismo con muchas mujeres en el pasado: cuando su relación terminaba, les obsequiaba con una joya y seguía adelante. Aquélla era la primera vez que su rutina se había vuelto contra él.

–No la conocí bien –dijo él cuando el silencio comenzó a pesar demasiado–. Y no tenía ni idea de que estuviera embarazada.

–Ya lo sé. Decidió no decírtelo, pero creo que se equivocó.

30

–Estoy de acuerdo –tomó un sorbo de vino.

–Come, por favor. Yo también lo haré mientras le doy a Nathan este tarro de puré de zanahorias.

–¿Eso es lo que es? –aunque al niño parecía gustarle, su aspecto resultaba horrible a ojos de Simon, y no olía mucho mejor.

Tula se rió al ver la cara que ponía.

–Sí, ya lo sé. No tiene un aspecto muy apetitoso. De todas maneras, cuando la situación se haya asentado un poco más, le prepararé yo misma la comida y no tendrá que volver a comer esto.

–¿Le prepararás la comida?

–¿Por qué no? Me gusta cocinar y puedo hacerle hortalizas frescas con carne, o lo que yo vaya a comer, sólo que en puré. ¿Has leído la lista de ingredientes de los tarros de comida infantil?

–Últimamente no –respondió él con ironía.

–Pues yo sí. Llevan demasiada sal, para empezar. Y algunos de los ingredientes no sé ni pronunciarlos. No pueden ser buenos para un bebé.

Simon pensó que también la admiraba por eso. Ya había adaptado su vida a la del niño, algo que él tendría que conseguir. Pero lo haría. Nunca fracasaba cuando se proponía algo.

Tomó un trozo de pollo y casi suspiró. Tula no sólo era sexy y se le daban bien los niños sino que también sabía cocinar.

–¿Está bueno?

–Delicioso.

–Gracias –dijo ella sonriéndole de oreja a oreja. Dio a Nathan más trozos de plátano y se sirvió la cena–. ¿Qué vas a hacer sobre nuestra nueva «situación»?

–He llevado el testamento a mi abogado. Eres responsable temporalmente...

–Que es algo que no te gusta.

Simon no hizo caso de la interrupción.

–Hasta que decidas cuándo y si estoy preparado para ocuparme de Nathan.

–Sí, eso es lo fundamental. Ya te lo dije esta mañana.

–La cuestión –prosiguió él volviendo a hacer caso omiso de su intervención– es cómo llegar a un compromiso. Necesito pasar tiempo con mi hijo y tú lo necesitas para observarme mientras estoy con él. Vivo en San Francisco y tengo que estar allí por mi trabajo. Tú vives aquí y... ¿dónde trabajas?

–Aquí –dijo ella mientras bebía de su copa–. Escribo libros infantiles.

Simon miró el salero y el pimentero en forma de conejo y pensó en todos los dibujos que había visto en el salón.

–Supongo que tratan de conejos.

De pronto, Tula se puso a la defensiva. Ya conocía ese tono de desprecio, como si escribir libros para niños fuera tan sencillo que cualquiera pudiera hacerlo, como si se ganara la vida gracias a un pasatiempo sin importancia.

–Pues sí. Escribo los libros del Conejito Solitario.

–¿El Conejito Solitario?

–Es una serie infantil con mucho éxito –pensó que no con tanto, pero iba ganando audiencia poco a poco. Y estaba orgullosa de su oficio. Hacía felices a los niños, cosa que poca gente podía afirmar de su trabajo.

–No me cabe la menor duda.

–¿Quieres ver las cartas de mis admiradores? Están escritas a lápiz, por lo que quizá no signifiquen mucho para ti. Pero a mí me indican que llego a los niños, que les gustan mis historias y que los hago felices –se recostó en la silla y se cruzó de brazos–. Para mí, eso significa que mis libros tienen éxito.

–No he dicho lo contrario.

Ella pensó que, aunque no lo hubiera dicho, lo estaba pensando. El mismo tono se lo había oído a su padre durante años. Jacob Hawthorne la había dejado sin un céntimo cinco años antes, cuando por fin se había enfrentado a él y le había dicho que no pensaba sacar un máster en administración de empresas y que iba a ser escritora.

Y Simon Bradley era igual que su padre. Usaba trajes y vivía en un mundo convencional en donde no cabía la imaginación, se despreciaba la creatividad y se expulsaba a los inconformistas.

Ella había huido de ese mundo cinco años antes y no tenía ganas de volver. Y le producía escalofríos la idea de tener que entregar al pequeño Nathan a un hombre que trataría de controlarle la vida como su padre había hecho con ella.

–Tenemos que trabajar juntos –dijo Simon.

Tula se percató de que le hacía tan poca gracia como a ella.

–Así es.

–Trabajas en casa, ¿no?

–Sí.

–Muy bien. Pues Nathan y tú podéis mudaros a mi casa en San Francisco.

–¿Cómo dices? –Tula se había quedado boquiabierta.

–Es la única posibilidad –afirmó él con convicción–. Yo tengo que estar en la ciudad por mi trabajo mientras que tú puedes trabajar en cualquier sitio.

–Me encanta que pienses eso.

Él le dedicó una sonrisa condescendiente. Tula apretó los dientes para no decir algo de lo que pudiera arrepentirse.

–Nathan y yo necesitamos tiempo para estar juntos y tú para observarnos. La única solución razonable es que os trasladéis a la ciudad.

–No puedo recoger las cosas y marcharme así como así.

–Seis meses –dijo él mientras apuraba la copa de vino–. No creo que necesitemos tanto tiempo, pero digamos que te mudas a mi casa durante los próximos seis meses. Compruebas que voy a cuidar bien a mi hijo, suponiendo que lo sea, y te vuelves aquí. Y cada uno seguirá con su vida.

Tula ni siquiera había considerado la posibilidad de mudarse. Le encantaba su casa y la vida que llevaba. Además, ni loca se le ocurriría ir a San Francisco.

Su padre vivía allí.

Regía su imperio desde el centro de la ciudad.

Seguro que Simon y él eran amigos íntimos. ¡Qué idea tan terrible!

–¿Y bien?

Tula lo miró y después miró a Nathan. No tenía elección. Había prometido a su prima que sería la tutora del niño y no podía dar marcha atrás aunque quisiera.

–Mira –dijo él mirándola a los ojos como si se diera cuenta de que estaba tratando de hallar una salida–. No tenemos que llevarnos bien, ni siquiera caernos bien. Lo único que tenemos que hacer es conseguir vivir juntos durante unos meses.

–No parece que vaya a ser muy divertido, por lo que dices –apuntó ella medio riéndose.

–No se trata de pasárselo bien. ¿Estás de acuerdo, entonces, Tula?

–¿Tengo elección?

–No.

Estaba en lo cierto, no la tenía. Y debía hacer lo que fuera mejor para Nathan: trasladarse a la ciudad y hallar el modo de sacar a Simon de su rígido mundo. Suspiró y extendió la mano por encima de la mesa.

–Muy bien. Trato hecho.

–Trato hecho.

Simon tomó su mano y Tula volvió a sentir la misma descarga eléctrica de las veces anteriores. Casi esperó ver chispas saliendo de sus manos unidas. Y supo que él había sentido lo mismo porque retiró la suya de inmediato.

Ella se frotó las puntas de los dedos y se dijo que los siguientes meses iban a resultar interesantes.

Capítulo Cuatro

Dos días después, Simon balanceó el bate y golpeó la pelota de béisbol. La pelota dio en la red extendida en la parte posterior de la jaula de bateo y él sonrió satisfecho.

–Le has dado justo en el centro –afirmó Mick Davis desde la jaula de al lado.

Simon bufó. Se echó el bate al hombro y esperó a que la máquina le lanzara otra pelota.

Mientras estaba allí no pensaba en el trabajo ni en los negocios. Sacaba sus frustraciones golpeando pelotas de béisbol. Era una válvula de escape que, en aquellos momentos, le venía muy bien, ya que así no pensaba en ojos azules ni bocas seductoras.

Por no hablar del niño que era, que tal vez fuera, su hijo.

Bateó y falló.

–Te gano por dos –dijo Mike.

–Todavía no he terminado –gritó Simon. Mike había sido su mejor amigo desde la universidad y era su mano derecha en la compañía Bradley. No había nadie en quien confiara más.

Simon volvió a batear. Le hacía bien hacer ejercicio y dejar la mente en blanco. Allí a nadie le preocupaba que fuera presidente de una compañía multimillonaria. Allí podía relajarse, cosa que no solía hacer.

Cuando acabó la hora de juego, Mike y él se pusieron a discutir sobre quién había ganado.

—No insistas —dijo Simon riéndose—. He ganado yo.

—Ni que lo sueñes —Mike le dio una botella de agua—. ¿Quieres decirme por qué golpeabas la pelota con tanta fuerza hoy?

Simon se sentó en un banco y observó a unos niños que corrían hacia las jaulas de bateo con el pelo revuelto, los vaqueros rotos y amplias sonrisas. Debían de tener nueve años. Algo se removió en su interior. Un día Nathan tendría esa edad y él lo llevaría allí.

—No te lo vas a creer —masculló.

—Veamos —afirmó Mike mientras hacía chocar su botella con la de él.

Y Simon se lo contó. Le habló de la visita de Tula, de Nathan, de todo.

—¿Que tienes un hijo?

—Sí. Probablemente me haré la prueba de paternidad.

—Estoy seguro de que te la harás.

—Tiene lógica, sí. Todavía estoy tratando de hacerme a la idea. No sé qué es lo primero que debo hacer.

—Llevarlo a tu casa.

—Sí, claro. Ése es el plan. Ahora mismo hay obreros en casa que le están preparando una habitación.

—Y esa Tula, ¿cómo es?

Simon bebió un trago de agua helada para refrescarse la garganta que de repente sentía seca. ¿Cómo era Tula? ¿Por dónde empezaba?

—Es… distinta.

—¿Qué significa eso? —preguntó Mike riéndose.

–Buena pregunta –murmuró Simon–. Protege a Nathan con uñas y dientes. Y es tan irritante como guapa.

–Muy interesante.

–Ni lo pienses. No me interesa.

–Acabas de decir que es muy guapa

–Eso no implica nada –insistió Simon–. No es mi tipo.

–Pues mejor, porque las que te gustan son aburridas.

–¿Qué?

–Simon, siempre sales con la misma mujer.

–¿De qué demonios hablas?

–Aunque tengan caras distintas, interiormente son iguales: frías, tranquilas y refinadas.

Simon se rió.

–¿Y qué tiene de malo?

–Un poco de variedad no te vendría mal.

Variedad. No la necesitaba. Su vida le gustaba tal como era. Que le vinieran a la mente los ojos azules de Tula y el hoyuelo en su mejilla no era asunto de nadie.

Había sido testigo de primera línea de lo que sucedía cuando un hombre buscaba variedad en lugar de sensatez. Su padre había hecho desgraciada a toda la familia con su continua búsqueda de diversión. A Simon no le interesaba repetir pautas de conducta fallidas.

–Lo único que digo es que…

–No quiero oírlo –lo interrumpió Simon–. Además, ¿qué sabes tú de las mujeres? Estás casado.

–Mi esposa es una mujer, que yo sepa.

–Katie es distinta.

–Querrás decir distinta de las estatuas de hielo con las que sales.

–¿Por qué estamos hablando de mi vida amorosa?

–Ni idea –observó Mick riéndose–. Quería saber qué te pasaba y ya lo sé. Hay una mujer nueva en tu vida y tienes un hijo.

–Es una probabilidad –le corrigió Simon.

–¡Enhorabuena, hombre! –exclamó Mike mientras le daba una palmada en el hombro.

Simon sonrió y dio otro trago de la botella. Probablemente era padre.

Y en cuanto a que Tula Barrons hubiera entrado en su vida, era algo temporal. Lo raro era que la idea no le resultaba tan atractiva como debiera.

–No sé qué hacer con él –dijo Tula dando un sorbo de café.

–¿Qué puedes hacer? –le preguntó Anna Hale, sentada en el suelo frente a la pared. Estaban en un banco.

Tula miró al niño en el cochecito, al que golpeaba con su conejito de juguete.

–¿Crees que está bien que el niño esté aquí mientras pintas? –le preguntó a su amiga–. Me refiero a las emanaciones…

–Sí, está bien. Sólo estoy retocando detalles –dijo Ana sonriendo para tranquilizarla–. Mira, ya pareces una mamá.

–Ya lo sé. Y me gusta, cosa que no me imaginaba. Siempre había pensado en tener hijos algún día, pero no tenía ni idea de cómo sería. Es agotador, pero maravilloso –se interrumpió y frunció el ceño–. Tengo que mudarme a la ciudad.

–No es para siempre –le dijo Anna mientras añadía una capa de amarillo pálido al fondo azul claro.

–Sí, pero ya sabes que detesto la idea de volver a San Francisco –se sentó en el suelo, al lado de Anna, con las piernas cruzadas.

–Ya lo sé, pero no tienes que ver a tu padre forzosamente. Es una gran ciudad.

–No lo suficiente. La sombra que proyecta Jacob Hawthorne es enorme.

–Pero recuerda que ya no cae sobre ti –Anna le agarró la mano y luego hizo una mueca al darse cuenta de que la había manchado de amarillo–. ¡Ay! Lo siento. Huiste de él y de su vida. No le debes nada y ya no puede hacerte desgraciada. Ahora eres una escritora famosa.

Tula se rió, encantada con la imagen. Era famosa entre los niños de preescolar, o al menos su Conejito Solitario era una estrella. Ella era simplemente quien escribía sus historias y lo dibujaba. Y le encantaba ir a las librerías y firmar ejemplares, y leer a lo niños sentados a su alrededor con los ojos muy abiertos y sonrientes.

Pero Anna tenía razón: había escapado del estrecho mundo de su padre y de los planes que tenía para ella. Había buscado su propio camino.

Miró al bebé y se dijo que quería con locura aquel pequeño calvito y babeante. No sabía lo que haría cuando tuviera que decirle adiós. Pero faltaban semanas, tal vez meses.

Y si había un hombre que no estaba preparado para ser padre era Simon Bradley.

Instantáneamente pensó en él y estuvo a punto de suspirar. Era demasiado guapo, pero tan severo y estirado como su padre, y estaba harta de esa clase de hombres. Además, se trataba de Nathan y de lo que fuera mejor para él.

Así que apartó al padre de su mente y se centró en que debía cuidar al niño. Y sabía hacerlo.

–Tienes toda la razón –afirmó porque necesitaba oír la seguridad en su propia voz–. Mi padre ya no puede decirme lo que debo hacer. Además, no le interesa lo que hago –la verdad le dolió un poco, como le sucedía siempre. Porque, a pesar de todo, desearía que su padre fuera distinto. –No voy a preocuparme por si me topo con él, lo cual es bastante improbable.

–Bien hecho –dijo Anna en tono aprobatorio–. ¿Me pasas el pincel en forma de abanico para pintar la espuma de las olas?

–Sí –Tula lo buscó y se lo dio y observó la habilidad de su amiga para crear espuma en el agua.

Anna Cameron Hale era una experta en dar vida a sus cuadros o murales. Cuando aquella pintura en la pared del banco estuviera acabada, se vería el mar en un día soleado.

–Eres increíble –dijo Tula.

–Gracias –dijo Anna sin mirarla–. Cuando te hayas instalado en casa de Simon, podría ir a pintar un mural en la habitación de Nathan.

–Es una idea estupenda.

–Y –prosiguió su amiga con timidez –eso me serviría de práctica para la habitación infantil que Sam y yo estamos montando.

–¿Estás…?

–Sí.

–¿De cuánto?

–De tres meses.

–¡Dios mío! ¡Qué alegría! –Tula se puso de rodillas y abrazó a Anna–. ¡Vas a tener un niño! ¿Cómo se lo ha tomado Sam?

–Como si fuera el primer hombre que ha fertilizado un óvulo –Anna se rió y el brillo de sus ojos demostró lo contenta que estaba–. Está emocionado. Ha llamado a Garret, que está en Suiza, para decirle que va a ser tío.

–Es extraño si tenemos en cuenta que estuviste saliendo con él.

–Sí, pero no se pueden comparar unas cuantas citas con Garret con toda una vida con su hermano.

Tula nunca había visto a su amiga tan contenta. Durante unos segundos envidió su felicidad y seguridad y el amor que Sam le daba. Pero apartó esos pensamientos y se centró en lo importante: apoyar a Anna del mismo modo que ella siempre la había apoyado.

–Me alegro mucho, Anna.

–Gracias, bonita. Ya lo sé. Y yo me alegro de que estés adquiriendo tanta experiencia, tía Tula –Anna miró a Nathan– ya que no tengo ni idea de cómo cuidar a un bebé.

–Es muy sencillo –afirmó Tula–. Lo único que tienes que hacer es quererlo.

El corazón le dio un vuelco. Era incapaz de recordar su vida sin Nathan. ¿Qué había hecho antes de tener que cuidarlo?

¿Y cómo podría vivir sin él?

***

Simon sabía hacer las cosas.

El ayudante de Mick se hizo cargo de los detalles y, en cuestión de una semana, la casa estuvo lista para recibir a Tula y a Nathan.

Las habitaciones estaban preparadas, la comida comprada y Simon ya había concertado varias citas con niñeras que le había proporcionado una agencia. Tula y Nathan llevaban sólo tres días en la ciudad y él ya se había hecho la prueba de paternidad y había tirado de unos cuantos hilos para tener los resultados antes de lo habitual.

No necesitaba la confirmación legal, ya que, desde el momento en que lo vio, supo que Nathan era su hijo, por lo que tenía que enfrentarse al hecho de la paternidad. Sin embargo, en ese aspecto iba a ir despacio hasta que tuviera pruebas.

No había planeado ser padre ni sabía cómo hacerlo. Y su propio padre no podía considerarse precisamente un modelo.

Sin embargo, sabía que podía hacerlo.

Abrió la puerta de entrada y dio una patada sin querer a un camión de juguete, que salió disparado. Lo recogió y se dirigió al salón.

Solía llegar a casa a las cinco y media y se tomaba una copa tranquilamente mientras leía el periódico. El silencio de su hogar era una bendición tras un largo día con clientes, reuniones de la junta directiva y llamadas telefónicas. Su casa había sido su santuario, pero eso se había acabado. Echó una mirada alrededor de su otrora ordenado salón y soltó un bufido de irritación. ¿Cómo podía tener tantas cosas un bebé?

–Sólo llevan aquí tres días –masculló.

Había pañales, biberones, juguetes y ropa limpia doblada en la mesita de café, y un conejito en su silla preferida. Sorteó una mantita extendida en la alfombra y dejó la cartera al lado de la silla.

Agarró el conejito. Tula le había dicho aquella mañana que Nathan estaba empezando a echar los dientes y parecía que el conejito estaba pagando las consecuencias. Rió mientras negaba con la cabeza, asombrado de la rapidez con la que podía alterarse la rutina de alguien.

–¿Eres tú, Simon?

Él se volvió hacia el sonido de la voz de Tula. Algo en su interior se tensó y su cuerpo se puso en estado de alerta, algo a lo que se estaba acostumbrando. Durante los tres días que ella y el bebé llevaban allí, Simon había experimentado un deseo constante.

Tula lo afectaba y lo peor era que ella ni siquiera intentaba hacerlo.

Estaba allí sólo como tutora de Nathan hasta que Simon estuviera preparado para cuidar de su hijo. No había nada más entre ambos ni podía haberlo.

¿Por qué pasaba tanto tiempo pensando en ella?

Cuando sonreía, le encantaba mirarle el hoyuelo en la mejilla. Cuando cantaba al bebé, su voz lo acariciaba. Cuando volvía a casa, ella estaba allí y él ni siquiera echaba de menos la tranquilidad anterior.

Estaba metido en un buen lío.

–¿Simon? –gritó Tula con inquietud porque aún no le había contestado.

–Sí, soy yo.

–Estamos en la cocina.

Con el conejito en la mano, Simon se dirigió al pasillo. Las habitaciones eran grandes, los suelos de madera brillaban. Él se había criado en aquella casa y se había quedado con ella al morir su padre. Había hecho algunos cambios, como quitar la moqueta y el papel pintado de las paredes. La había hecho suya, resuelto a borrar viejos recuerdos.

Al entrar en la cocina, le llegó un delicioso olor a chile con carne. Tula estaba sentada a la mesa dando de comer algo de color verde a Nathan.

–¿Qué es eso? –preguntó.

–Hola. ¿El qué? ¡Ah! Judías verdes. Hemos ido a la compra, ¿verdad, Nathan? Hemos comprado una batidora y verdura y la hemos preparado para cenar.

Simon hubiera jurado que Nathan escuchaba lo que Tula le decía. Tal vez fuera su voz cantarina o quizá la calidez del tono y su sonrisa lo que atraía la atención del bebé.

Al igual que la de su padre.

–Hace tanto frío que he hecho chile con carne –le dijo ella sonriendo de oreja a oreja.

El impacto de su sonrisa le hizo temblar.

Mike tenía razón. Tula no se parecía a las bellezas frías y controladas a las que estaba habituado.

Simon se preguntó si en la cama sería tan cálida como fuera de ella.

–Huele bien –consiguió decir.

–Mejor sabrá. ¿Por qué no acabas de dar de comer a Nathan? Voy a preparar las cosas para la cena.

–Muy bien –se acercó con cautela a Tula y al niño,

lo cual le causó un profundo disgusto, pues tenía fama de irrumpir en los sitios y hacerse cargo inmediatamente de la situación. Era evidente que sería capaz de dar de comer a un niño. No podía ser tan difícil.

Se sentó en la silla de Tula, agarró el plato de puré verde y llenó la cuchara. Sintió la mirada de ella clavada en su espalda. Pues le demostraría que era totalmente capaz de alimentar a un niño.

Metió la cuchara en la boca de Nathan y cuando el niño escupió el puré lo pilló por sorpresa.

Tula se rió de buena gana mientras él se limpiaba la cara. Después lo besó en la mejilla y le dijo:

—Bienvenido al club.

Pero la sonrisa se le heló cuando vio los ojos de él brillar de deseo. Se le secó la boca y algo oscuro y peligroso se desencadenó en su interior.

Se miraron durante lo que les pareció una eternidad hasta que él dijo:

—Eso no ha sido un beso como es debido. La próxima vez tendremos que hacerlo mejor.

Capítulo Cinco

Tula recordó que había pensado que aquello no era una buena idea. Y ya estaba convencida de que no lo era.

Pero allí estaba, viviendo en una mansión victoriana en la ciudad, con un hombre del que no estaba segura que le cayera bien pero al que deseaba.

La noche anterior, durante la cena, Simon estaba tan encantador con el puré en la cara que no había podido evitar besarlo. Había sido un rápido beso en la mejilla, pero al mirar sus ojos oscuros y ver en ellos la pasión que despedían, se había sentido conmovida.

No era una tímida virgen ni nada parecido. Había tenido un novio en la universidad y otro un año antes. Pero Simon no se les parecía. Los otros eran niños en comparación con él, un hombre de verdad.

«¡Para, por Dios!», se dijo sabiendo que no le serviría de nada. Llevaba días soñando despierta con Simon. Y, cuando dormía, el subconsciente la traicionaba por completo.

Pero uno no era culpable de lo que soñaba, ¿no?

–Es ridículo –dijo en voz alta mientras trasladaba su escritorio al lado de una ventana y ordenaba su despacho temporal a su gusto.

No le hacía falta gran cosa: el ordenador portátil, una mesa para dibujar las ilustraciones de los libros y una silla cómoda.

–Si no necesitas muchas cosas, Tula, ¿por qué hay tantas aquí? – dijo en voz alta. Era una pregunta que llevaba toda la vida haciéndose. No intentaba coleccionar cosas. Sencillamente sucedía. Y en aquella casa victoriana donde todo tenía su sitio se sentía como una urraca.

Había cajas y libros, y estanterías vacías que había que llenar; manuscritos, bolígrafos, pinturas y… demasiadas cosas para tratar de ordenarlas.

–¿Te estás instalando?

Casi saltó del susto y se dio la vuelta con la mano en el corazón. Simon estaba en el umbral medio sonriendo como si supiera que la había asustado de verdad.

–La próxima vez haz sonar una campanilla o algo –dijo ella con brusquedad–. Casi me da un infarto.

–Te recuerdo que vivo aquí.

–Ya lo sé –como si pudiera olvidarlo. Se había pasado media noche despierta imaginándose a Simon en la cama al final del pasillo. No debía haberlo besado ni haber roto el muro de cortesía que él había levantado entre ambos desde su primer encuentro.

Esa mañana habían desayunado los tres juntos y había estado observando a Simon mientras daba de desayunar al niño tratando de esquivar la comida que éste a veces rechazaba. Y le había parecido de lo más atractivo.

Él entró en su despacho mirándolo todo asombrado.

–¿Cómo puedes trabajar en medio de este caos?

Ella pensaba lo mismo, pero no iba a darle la satisfacción de reconocerlo.

–Una mente organizada es aburrida.

Él enarcó una ceja, cosa que Tula había notado que hacía mucho cuando hablaban, aunque no sabía si era porque pretendía ser sardónico o como muestra de irritación.

–¿También pintas? –preguntó él señalando con la cabeza la mesa de dibujo.

–Dibujo. Hago las ilustraciones de mis libros.

–Admirable –afirmó él acercándose para ver mejor.

Tula se preparó para lo que fuera a decirle después de ver sus dibujos. Su padre nunca los había elogiado. Pero le daba igual, porque los hacía para los niños y sabía que tenía talento, aunque no se consideraba una gran artista.

Simon echó una ojeada a los bocetos que había en la mesa. Después la miró y le dijo:

–Eres muy buena. Hay mucha emoción en estos dibujos.

–Gracias –le sonrió sorprendida pero contenta y él le devolvió la sonrisa.

–Nathan necesita otro conejito de peluche –apuntó él–. El que tiene está destrozado.

Ella negó con la cabeza con tristeza porque era evidente que Simon no sabía lo que un juguete gastado y querido significaba para un niño.

–¿No has leído *El conejo de felpa*? Querer un juguete es lo que lo hace real. Y cuando eres real, a veces no estás demacrado u ojeroso.

–Supongo que sí –se rió con suavidad y volvió a mirar los bocetos–. ¿Cómo se te ocurrió? Me refiero al Conejito Solitario.

«Nos desviamos de lo personal y volvemos a hablar de un tema no comprometido», pensó ella al tiempo que se sentía extrañamente decepcionada porque aquel momento de intimidad hubiera durado tan poco. Sin embargo, sonrió.

–A los escritores se les suele preguntar de dónde sacan las ideas. Yo suelo decir que encuentro las mías en el estante inferior de la sección de artículos para el hogar del supermercado.

–Muy inteligente, pero no es una respuesta.

–No –reconoció ella.

Él se giró y la miró con curiosidad.

–¿Vas a dármela?

Ella lo miró a los ojos y se dio cuenta de que la conversación volvía a derivar al terreno íntimo y de que su mirada manifestaba genuino interés. Y hasta ese momento, nadie salvo Anna se lo había demostrado.

Se acercó a él y tomó uno de los bocetos. El Conejito Solitario la miraba con una expresión esperanzada en sus ojos grandes y límpidos.

–Lo dibujaba cuando era niña –dijo más para sí misma que para Simon. Recorrió con el dedo el gris pálido de su piel y las orejas gachas–. Cuando mi madre y yo nos mudamos a Crystal Bay había conejos silvestres en el parque situado detrás de nuestra casa –sintió que Simon se aproximaba más y que la miraba, pero estaba sumida en sus recuerdos–. Uno de ellos era distinto. Tenía una oreja caída y siempre estaba solo. Me parecía que no tenía amigos, que era como yo. Era nueva en el pueblo y no tenía amistades, así que me propuse ser su amiga, pero, por mucho que lo intenté, no conseguí que jugara conmigo. Y un día fui al parque y estaban los demás, pero no el Conejito Solitario. Lo busqué por todas partes, pero no lo encontré. No lo volví a ver, pero lo seguí buscando durante una semana tras cada arbusto y cada roca. Al final, estaba tan preocupada que le pedí a mi madre que me ayudara a buscarlo.

—¿Y lo hizo? —preguntó él en voz baja como si temiera romper el hechizo.

—No —Tula suspiró—. Me dijo que probablemente lo hubiera atropellado un coche.

—¿Qué? —Simon parecía horrorizado—. ¿Te dijo eso?

—Gracias por escandalizarte —contestó ella conteniendo la risa—, pero pasó hace mucho tiempo. Además, no la creí. Me dije que habría encontrado una conejita y se habría ido con ella —dejó el dibujo en la mesa y se volvió hacia él mientras se metía las manos en los bolsillos—. Cuando decidí escribir libros infantiles, recuperé al Conejito Solitario. Me ha hecho mucho bien.

Simon asintió y extendió la mano para tocarle uno de los pendientes y hacer que se balanceara.

—Creo que tú también se lo hiciste. Seguro que todavía le cuenta a sus nietos historias sobre la niña que lo quería.

A Tula se le formó un nudo de ternura en la garganta.

—A veces me sorprendes, Simon.

—Me parece justo porque tú me sorprendes continuamente.

Se miraron durante varios segundos como si lo hicieran por primera vez. Simon habló primero y, al hacerlo, dejó claro que el momento que habían compartido había acabado.

—¿Tienes todo lo que necesitas?

—Sí, sólo tengo que poner la silla en su sitio y…

–¿Dónde la quieres?

Ella lo miró. Acababa de llegar de trabajar y llevaba puesto un traje azul.

–No tienes que…

Él se quitó la chaqueta. La camisa blanca hecha a medida se ajustaba a su ancho pecho. Tula tragó saliva mientras observaba cómo agarraba la silla. Y se preguntó por qué el simple hecho de quitarse la chaqueta delante de ella le había parecido una acción tan íntima. Tal vez porque él era su traje. Y dejarlo a un lado, aunque fuera momentáneamente, suponía un paso importante.

Tula rechazó tales pensamientos.

Se dijo que allí no había sucedido nada íntimo: simplemente, un tipo la estaba ayudando a colocar una silla. Y no había que darle más vueltas.

–Allí –dijo señalando una esquina.

–¿Puedes apartar esa caja?

Tula lo hizo empujando la pesada caja llena de libros para dejar el paso libre a Simon, que agarró la gran silla y la colocó de modo que ella estuviera frente a dos ventanas cuando se sentara.

–¿Así esta bien?

–Perfecto, gracias.

–¿Dónde está Nathan?

–En su cuarto, durmiendo la siesta.

–Muy bien –se puso a deambular por la habitación mirando lo que había en las cajas y los montones de papeles de su escritorio–. Tengo carpetas de colores en el despacho que te vendrían bien para archivar todo esto.

–Tengo mi propio sistema –replicó ella a la defensiva.

–¿Y cuál es? ¿El caos?

–El caos se produce cuando no encuentras las cosas. Y yo las encuentro.

–Sí tú lo dices –se aproximó a ella–. ¿Puedo hacer algo más?

–No, gracias –susurró Tula sintiendo cómo surgía en ella el deseo y aumentaba la tensión entre ambos. Era culpa suya. Si no lo hubiera besado de forma impulsiva, seguirían enfrentados. Si ella no se hubiera abierto a él y Simon no le hubiera respondido con tanta dulzura, no estarían sintiendo esa cercanía en aquel momento.

Así que se puso rápidamente a hablar, antes de que lo que estaba pasando, fuese lo que fuese, pudiera seguir adelante.

–¿Por qué no vas a ver cómo está el niño mientras acabo aquí? Aún tengo que deshacer muchas cajas.

Pasó a su lado y se agachó frente a una caja de cartón dándole la espalda a propósito. El corazón le latía con fuerza y tenía los nervios agarrados al estómago. Sacó unos libros y los puso en el estante superior.

Pero Simon no se fue, sino que se agachó a su lado, la tomó de la barbilla y la obligó a mirarlo.

–Como tú, yo tampoco sé lo que está pasando entre nosotros, pero no puedes seguirme evitando, Tula. Al fin y al cabo vivimos juntos.

–Vivimos en la misma casa –le corrigió ella sin aliento–, pero no juntos.

–Llámalo como quieras –dijo él con una sonrisa.

Tula supo lo que estaba pensando porque ella pensaba en lo mismo. En realidad, no pensaba demasiado, sino que sentía, deseaba, necesitaba…

–Sabes que no es una buena idea, Simon.

–¿El qué? –preguntó él con inocencia–. ¿Un beso?

–No hablas sólo de un beso.

–Preferiría no hablar en absoluto –reconoció él mientras le miraba la boca.

Tula se pasó la lengua por los labios y tomó aire, pero se quedó en suspenso al ver cómo le brillaban a él los ojos.

–Simon…

–Fuiste tú la que empezó –afirmó él mientras se inclinaba hacia ella.

–Ya lo sé.

–Y yo lo voy a terminar.

–Cállate –dijo ella justo antes de que la boca de él se uniera a la suya.

El deseo explotó en ellos.

Tula nunca había sentido nada igual. La boca masculina tomó la suya con ansia, le abrió los labios con la lengua y se introdujo en ella reclamándola toda para sí. Simon la atrajo hacia él hasta que los dos se quedaron de rodillas en la alfombra. Las manos de él recorrieron su espalda, llegaron a sus nalgas y la atrajeron hacía sí aún con más fuerza.

Tula experimentó la prueba, dura como una roca, del deseo de Simon. Se le quedó la mente en blanco y se abandonó a la oleada de sensaciones que él le provocaba. Enredó su lengua en la de Simon, le rodeó el cuello con los brazos y lo agarró como si temiera que la tierra fuera a tragársela.

Él separó la boca de la suya, apoyó la cara en su cuello y susurró:

–Llevo pensando en hacer esto, en ti, desde que entraste en mi despacho.

–Yo también –murmuró ella. Se sentía electrizada. Todas las células de su cuerpo vibraban y el centro de su feminidad ardía de deseo.

Él bajó las manos hasta el borde de su jersey, las introdujo y las deslizó por su piel. Ella sintió el ardor de sus dedos y cómo le hervía la sangre y se quemaba con las llamas que él le provocaba.

Tula pensó que hacía mucho tiempo que nadie la acariciaba y echó la cabeza hacia atrás mientras lanzaba un leve suspiro. Y nunca la habían acariciado así.

Él le quitó el jersey. Un sujetador de encaje rosa ocultaba sus senos.

El aire fresco le acarició la piel poniendo un contrapunto al ardor que le producía Simon. Una parte de su mente le gritaba que se detuviera mientras pudiera, pero el resto de su cuerpo ordenaba callar a aquella vocecita insistente.

–Son preciosos –afirmó mientras le rozaba los pezones con los dedos.

Ella se estremeció cuando, ya endurecidos, se los acarició con los pulgares, y el roce del encaje intensificó las caricias hasta un nivel de excitación insoportable. Tula tembló cuando él le desabrochó el cierre delantero del sujetador y tomó aire cuando lo abrió y tomó sus senos en las manos.

Simon inclinó la cabeza para llevarse a la boca un pezón y luego el otro, y ella se tambaleó. Metiéndole los dedos en el pelo, lo atrajo hacia sí y se concentró únicamente en la sensación de sus labios y lengua en su piel.

Quería que la desnudara, que la acariciara por todas partes. Quería tumbarse y que él se le pusiera encima. Quería sentir que sus cuerpos se movían al unísono y mirarlo a los ojos cuando él la condujera a…

Un chillido insistente rompió el hechizo.

Simon se apartó de ella y miró hacia la puerta.

–¿Qué ha sido eso?

–El niño –todavía temblando, agarró los extremos del sujetador y se lo abrochó. Luego se puso el jersey rápidamente–. Tengo el intercomunicador aquí para oírlo mientras trabajo –le indicó dónde estaba el aparato. Se puso de pie y se alejó de él.

–No hagas eso –dijo Simon al tiempo que se levantaba y la agarraba–. Veo en tus ojos que ya finges que no ha pasado nada.

–No es verdad –le aseguró ella con una voz tan temblorosa como el resto de su cuerpo–. Pero debería hacerlo.

–¿Por qué? –hizo una mueca al volver a oír los gritos del niño, pero no la soltó.

Tula negó con la cabeza y se desprendió de sus brazos.

–Porque esto es una complicación añadida, Simon. Y de un tipo que no es deseable para ninguno de los dos.

–Sí, pero la deseamos –afirmó él mirándola a los ojos.

–No siempre se puede tener lo que se desea –contraatacó ella dando un paso hacia atrás en dirección a la puerta–. Tengo que ir a ver a Nathan.

–Muy bien –dijo él–. Pero debes saber, Tula, que siempre consigo lo que quiero.

Cuando, media hora después, Tula llevó a Nathan

a su despacho, halló un montón de carpetas de colores en su escritorio con una breve nota: *El caos se puede controlar. S.*

–Como si no supiera quién las ha dejado ahí –le dijo ella al bebé–. ¿Para qué pone su inicial en la nota?

Dejó al niño sobre una manta rodeada de juguetes y se sentó a su escritorio. Tomó una de las carpetas y la abrió.

–Supongo que no me vendrá mal archivar algunos papeles, ¿verdad?

Nathan no tenía opinión al respecto y miraba fascinado el camión que tenía en las manos.

Tula le sonrió y se puso a trabajar. Tenía que reconocer que era satisfactorio poner los papeles en carpetas y guardarlos en un archivador. Cuando acabó, su escritorio estaba vacío por primera vez en su vida.

El teléfono sonó justo cuando iba a bajar con el niño para darle de cenar.

–Dígame.

–Hola, Tula, soy Tracy.

La voz de su editora era tan amistosa y profesional como siempre.

–Hola, ¿qué pasa?

–Necesito que me des la carta a los lectores de tu próximo libro. La necesitamos mañana.

–De acuerdo –durante unos segundos, Tula no recordó dónde había puesto la carta que encabezaba sus libros. Le gustaba añadir ese toque personal.

A pesar de que había alardeado ante Simon de saber dónde se hallaba cada cosa, normalmente solía experimentar unos instantes de pánico cuando su editora la llamaba porque necesitaba algo, ya que sabía que tenía que ganar tiempo mientras buscaba lo que le hacía falta.

–No importa, Tula –le dijo la editora como si le leyera el pensamiento–. No la necesito ahora mismo y sé que tardarás un poco en encontrarla. Mándamela por correo electrónico mañana por la mañana.

–No, sé exactamente dónde está –dijo ella al recordar que acababa de pasarse horas archivando papeles.

–¿Estás de broma?

Tula se rió, abrió el archivador y sacó la carta.

–Pobre Tracy. Llevas mucho tiempo soportando mi falta de organización.

–Eres ordenada, pero a tu manera.

–Pues estoy probando algo nuevo. ¡En estos momentos tengo una carpeta en la mano!

–Increíble –Tracy se rió–. Una escritora organizada. No sabía que fuera posible. ¿Puedes enviarme la carta por fax?

–La tendrás dentro de unos minutos.

–No sé quién te habrá inspirado esta nueva forma de hacer, pero dale las gracias.

Después de colgar y poner el fax, volvió a guardar la carta con orgullo. A Simon le encantaría saber que estaba en lo cierto. En cuanto a ella, había conseguido poner orden sin perder la identidad.

–¿Tú qué crees Nathan? ¿Se puede ser caótica y controlada a la vez?

Se lo siguió preguntando mientras llevaba al niño a la cocina.

***

58

–Tienes que asegurarte de que el niño no resbale –dijo Tula con voz cortante, horas después.

–Eso ya lo sé –le aseguró Simon, inclinado sobre la bañera para bañar a Nathan–. ¿Cómo se le puede sujetar y enjabonar a la vez?

Tula le sonrió y fue como si le hubieran dado un puñetazo en el pecho.

El beso que se habían dado dos horas antes lo seguía quemando.

Seguía teniendo el sabor de ella en la boca y el suave tacto de su piel en los dedos.

Cuando ella se inclinó a su lado, aspiró su perfume y debió de lanzar un gemido porque Tula lo miró.

–¿Estás bien?

–No, pero vamos a dejarlo y a centrarnos en sobrevivir al baño de Nathan.

–¿Quién finge ahora que no ha pasado nada?

–No es lo que estoy haciendo –contestó él riéndose.

–Entonces, ¿por qué…?

–Si no estás dispuesta a acabar lo que empezamos, déjalo.

–Muy bien. Voy por el pijama de Nathan mientras terminas. ¿No te importa quedarte solo?

Buena pregunta. Nunca antes le había importado. Pero ya no estaba tan seguro.

–No, vete.

Cuando Tula hubo salido, miró al niño a los ojos y le dijo:

–Recuerda que las mujeres sólo causan problemas.

El niño rió y golpeó el agua con tanta fuerza que salpicó a su padre.

–Traidor –susurró Simon.

Capítulo Seis

Días después, Simon estaba harto de vagar por la casa como un fantasma. Desde que Tula y él se habían besado, se había mantenido alejado no sólo de ella, sino también del bebé. Se preguntó por qué no había recibido aún los resultados de la prueba de paternidad y cómo se las iba a arreglar para pensar en algo que no fuera aquel beso.

Pero no era solamente el beso: era toda Tula, lo cual le causaba una profunda irritación. Pensaba en ella constantemente.

Si entraba en la habitación donde él estaba, lo invadía un intenso deseo de acariciarla. Pero ella parecía no darse cuenta del efecto que causaba en él, así que no se lo iba a decir bajo ningún concepto.

—Tal vez debiéramos hablar de cómo vamos a hacer esto —dijo cuando ella entró en el salón.

La luz de la lámpara brilló en su pelo y en sus ojos. Tula era todo lo que deseaba y saber que estaba allí, en su casa, a un paso de su dormitorio, hacía que se pasara las noches en blanco.

Ajena a sus pensamientos, ella le sonrió y se sentó en un sillón a su derecha.

—El niño se ha dormido en cuanto lo he acostado. Gracias por preguntar.

Simon reconoció que no estaba pensando en el

niño, lo cual no era culpa suya al tenerla a ella tan cerca.

–He supuesto que se había dormido porque no está contigo ni lo oigo llorar.

–¿No crees que deberías empezar a acostarlo?

–Lo haré cuando me den los resultados de la prueba de paternidad.

Al bañarlo unas noches antes, Simon se había dado cuenta de lo vulnerable que era en lo referente al niño. Se había visto a sí mismo como su padre.

¿Y si Nathan al final no era su hijo?

Era mejor protegerse hasta estar seguro.

–Nathan es tu hijo y actuar como si no lo fuera no va a cambiarlo.

–De eso tenemos que hablar –afirmó él levantándose para dirigirse al mueble bar–. ¿Quieres tomar algo?

–Vino blanco.

Él sirvió las bebidas y se volvió a sentar.

–Muy bien, ¿de qué quieres hablar? –preguntó ella.

–De esto –respondió él haciendo un semicírculo con el brazo como si quisiera indicar la casa y todo lo que en ella había.

–Mira, sé que estas asustado por lo de se padre, pero es algo que no podemos cambiar.

–No he dicho…

–Y he cerrado mi casa y me he mudado aquí para ayudarte a hacerte a la idea.

–Sí, pero…

–Acabarás conociendo al niño y yo te ayudaré todo lo que pueda. Pero tienes que poner de tu parte. Es tu hijo.

–Aún no lo sabemos con seguridad y creo...

Ella volvió a interrumpirlo y Simon empezó a creer que no iba a poder hablar. Normalmente, los demás lo escuchaban cuando hablaba y nadie lo interrumpía. Salvo Tula. Y aunque era algo que lo molestaba, también le gustaba porque ella no vacilaba en defenderse a sí misma o a Nathan. Y le decía lo que pensaba con toda claridad.

–Así que creo que a un hombre como tú le vendría bien un horario claramente definido.

–¿A un hombre como yo?

–Vamos, Simon, los dos sabemos que tienes una rutina fija en tu vida y que el niño y yo la hemos alterado.

La conversación no estaba desarrollándose como había planeado. Era él quien debía dirigirla y decirle a Tula cómo iban a ser las cosas a partir de aquel momento, y no al revés. Dio un sorbo de whisky y la miró. Tula lo observaba con una expresión de buen humor y sin rastro del deseo sexual que a él llevaba días consumiéndolo.

Su irritación aumentó ante la calma de ella, su pretensión de conocerlo y conocer su vida y el hecho de que actuara como si no hubiera habido nada entre ellos.

–No tengo una rutina –refunfuñó.

Ella se echó a reír.

–Simon, sólo llevo unos cuantos días en esta casa y ya me la sé tan bien como tú. Te levantas a las seis, desayunas a las siete, ves las noticias a las siete y media, te marchas a la oficina a las ocho, vuelves a las cinco y media...

Él frunció el ceño, furioso porque redujera su vida a una simple estadística. Y aún más furioso porque sabía que tenía razón. ¿Cómo había llegado a eso? Era cierto que prefería una vida ordenada, pero había una clara diferencia entre un horario planificado y un hábito monótono.

–Te tomas una copa a las seis con las noticias –continuó ella todavía sonriendo como si se lo estuviera pasando muy bien–. Cenas a las seis y media, trabajas en el despacho hasta las ocho…

¡Por Dios! ¿Estaba tan atrapado en sus hábitos que ni se había dado cuenta? Si resultaban tan evidentes para alguien que lo conocía desde hacía poco más de una semana, ¿qué pensarían de él quienes lo conocían bien? ¿Era de verdad alguien tan predecible?

–No te pares –la animó mientras tomaba otro trago de whisky.

–Ahí se acaba la historia. A las ocho acuesto al niño y no tengo ni idea de lo que haces el resto de la noche. ¿Te importaría contármelo?

¡Cuánto le gustaría hacerlo! Le gustaría decirle que estaba totalmente equivocada con respecto a él. Pero, por desgracia, no era así. Y le gustaría subirla al piso de arriba y alterar la rutina de ambos. Pero no lo haría, aún no.

–No voy a hacerlo. Además, no quería hablar de mí, sino del niño.

–Para hacerlo, tendrías que pasar tiempo con él –contraatacó ella– lo que evitas con sorprendente regularidad.

–No lo evito.

–Tu casa es grande, Simon, pero no tanto.

Él experimentó una necesidad urgente de moverse y se puso de pie. No era agradable ver que lo miraba con evidente decepción.

A pesar de que no debiera importarle lo que pensara de él, no quería que creyera que era un cobarde que eludía sus responsabilidades. Ni un viejo encerrado en su rutina. Se acercó a una ventana.

–Aún no tengo los resultados de la prueba de paternidad –dijo con la mirada clavada en la oscuridad exterior.

–Sabes que es tu hijo. Lo sientes.

–Lo que yo sienta no importa –dijo él mientras ella se situaba a su lado.

–En eso te equivocas, Simon. Al final lo que sientas es lo único que importa.

Él no estaba de acuerdo. Los sentimientos se interponían en el desarrollo del pensamiento lógico. Y la lógica tenía que dominar la vida. Lo había aprendido pronto y a conciencia. Su padre casi había aniquilado a la familia debido a su conducta caótica, desordenada y frívola.

Y él se había jurado a sí mismo que no se parecería a su padre en absoluto. Su vida se regía por el sentido común y la competencia. Desconfiaba de los sentimientos. Se fiaba de su mente y de su sentido de la responsabilidad.

Y así había caído en la rutina que hacía unos segundos maldecía. Su padre carecía de ella. Cada día comenzaba para él sin saber lo que le depararía. Simon prefería saberlo con exactitud y disponerlo, cuando fuera posible, del modo más conveniente para él.

Además, a pesar de lo que Tula pensase, no trataba de evitar a Nathan sino a ella. Desde que se habían besado, desde que había sostenido sus senos en las manos no podía pensar en otra cosa que no fuera en volverla a tocar.

Antes las cosas eran muy sencillas. Veía a una mujer atractiva y se la acababa llevando a la cama. Pero Tula estaba totalmente relacionada con un niño que probablemente era su hijo, por lo que Simon caminaba en la cuerda floja. Si la seducía y luego la abandonaba, ¿no le complicaría la obtención de la custodia de Nathan? ¿Y si se acostaba con ella y después no quería dejarla marchar?

En su vida no había sitio para alguien tan desorganizado como Tula, que se sentía a gusto en medio del caos. Y él necesitaba orden.

Eran incompatibles.

–¿Me estás escuchando?

–Sí –masculló él aunque justamente trataba de hacer lo contrario, no escucharla, con el mismo éxito que al tratar de no pensar en ella.

Tula no se sentía bien en la ciudad.

Era ridículo, desde luego, porque había pasado buena parte de su infancia en ella. Sus padres se separaron cuando tenía cinco años y su madre, Katherine, se había mudado a Crystal Bay, lo suficientemente cerca como para que Tula pudiera ver a su padre y lo suficientemente lejos como para que Katherine no tuviera que verlo.

Crystal Bay siempre sería el hogar de Tula. Desde el primer momento le pareció que pertenecía allí. La vida era más sencilla; no había clases de piano ni tutores, sino una escuela pública donde conoció a Anna Cameron, cuya amistad la había ayudado a ser como era. La relación con Anna y con su familia «normal» había contribuido a que ganara seguridad en sí misma para enfrentarse a su padre y negarse a aceptar los planes que tenía para ella.

Estar en San Francisco le recordaba los largos y solitarios fines de semana con su padre. Jacob Hawthorne no era una mala persona, pero él hubiera querido tener un hijo en vez de una hija. Y el hecho de que a ella no le interesaran los negocios era otro punto en su contra.

Tula creía haber superado hacía tiempo los remordimientos por cómo había acabado la relación con su padre, pero parecía que todavía había algo en su interior que deseaba que las cosas hubieran salido de otro modo.

–No importa –dijo en voz alta al bebé–. Me va bien, ¿verdad, Nathan?

Si el niño hubiera podido hablar, estaba segura de que habría estado de acuerdo con ella, lo que por el momento le bastaba.

Suspiró y empujó el cochecito por la acera. Nathan iba tan abrigado como si estuvieran recorriendo el Polo Norte, pero el aire era frío y había nubes que amenazaban tormenta.

Llevaban días metidos en casa y cada vez le resultaba más difícil estar allí sin pensar en Simon. Sabía que no tenían nada en común salvo el estallido de deseo en que casi se habían consumido durante aquel beso maravilloso.

Pero no podía indicarle a su mente lo que debía pensar. Y en los últimos tiempos no dejaba de hacerlo en Simon, y de forma totalmente inadecuada. Por eso había salido a dar un paseo con Nathan. Tenía que despejarse para poder seguir trabajando en su libro, que debía entregar al final de aquel mes. Ya bastante difícil era sacar tiempo para hacerlo mientras el niño dormía. Si además no dejaba de pensar en Simon, le resultaba imposible.

Cuando trabajaba mucho, salía a pasear para tomar el aire, ver gente y observar el mundo exterior. Las ideas no surgían de la nada, sino que había que estimularlas, lo cual generalmente significaba salir de sí misma.

Uno de sus libros más famosos había nacido en la tienda de ultramarinos de Crystal Bay, al ver como descargaban hortalizas. Inmediatamente sintió ese clic mágico en el cerebro que le indicaba que se le estaba formando una idea. Y pronto tuvo la historia de *El Conejito Solitario va al mercado*.

—Así que estamos trabajando, Nathan —se echó a reír y aceleró el paso.

Había tanta gente en la calle que se sintió perdida. Pero era un sentimiento familiar desde que se había mudado a casa de Simon. Llevaba tres días sin escribir ni una línea ni dibujar. No podía seguir así.

Pero Simon le ocupaba la mente de tal manera que temía no ser capaz de pensar en otra cosa.

Lo único bueno era que sabía que Simon se sentía tan frustrado como ella, que la deseaba tanto como ella a él.

Lo que era una delicia. Aunque sería una locura

abandonarse a lo que se estuviera cociendo entre ellos, fuera lo que fuese. Tenía que pensar en Nathan y no podía dejarse llevar por sus sentimientos sin tener en cuenta las consecuencias.

«¡Qué responsable soy!», pensó, sorprendida.

Lo era. Al tener que ocuparse de Nathan, tenía que tener en cuenta en cada decisión que tomara lo que fuera mejor para él. Y dormir con su padre no podía ser una buena idea, sobre todo porque era ella quien tenía que decidir cuándo estaría Simon preparado para la custodia.

Se paró en seco.

¿La había besado por eso?

¿Trataba de seducirla para que le entregara a Nathan?

–¡Qué idea más horrible! –exclamó en voz alta.

–¿Cómo dice?

Tula miró a la anciana que se había detenido a su lado y la miraba.

–Lo siento, hablaba para mí misma.

La mujer se alejó.

Tula se rió y rodeó el cochecito para ver cómo estaba Nathan.

–Cariño, creo que se ha pensado que estoy loca.

El niño pateó, agito los brazos y le sonrió. Era toda la aprobación que Tula necesitaba y volvió a empujar el cochecito.

De las tiendas que había en la calle, la que llamó su atención fue una librería.

–Vamos a entrar, Nathan.

Una vez en su interior, Tula se detuvo unos segundos para disfrutar del ambiente. ¿Había algo mejor que todo un local dedicado a los libros y a la gente que los amaba? Fue a la sección infantil y sonrió al ver a los padres sentados con sus hijos en esteras de colores escogiendo libros.

Se llenó de orgullo al ver que una niña leía uno de los suyos.

Se acercó a la estantería donde estaba su obra, sacó un bolígrafo del bolso y comenzó a firmar ejemplares.

Minutos después, una voz la interrumpió.

–Perdone.

Tula miró a la mujer de cuarenta y tantos años en cuya chapa se leía el nombre de Barbara.

–Hola.

La mujer la miró de arriba abajo observando sus vaqueros gastados, las botas de ante y el cabello despeinado por el viento y le preguntó:

–¿Qué hace usted?

Tula le mostró un documento que la identificaba.

–Soy la autora y me he dicho que, ya que estoy aquí, firmaría los libros que tienen ustedes, si le parece bien.

Nunca había tenido problemas. A los libreros les solía gustar tener ejemplares firmados porque aumentaba las ventas.

–¿Es usted Tula Barrons? –preguntó Barbara con una amplia sonrisa–. A mi hija le encantan sus libros y los vendemos muy bien.

–Me alegro –contestó Tula mientras se apresuraba a acabar de firmar porque Nathan comenzaba a estar intranquilo.

–¿Vive en el barrio?

–Sólo temporalmente –no sabía cuánto se quedaría, pero ya tenía miedo de dejar a Nathan y Simon.

–¿Le interesaría firmar libros aquí? Podríamos organizar una lectura. A los niños les encantaría.

Tula vaciló. No sabía qué hacer. En condiciones normales hubiera aceptado, pero tenía que atender a Nathan.

–Piénselo, por favor. Sé que a la mayor parte de los escritores no les hace ninguna gracia firmar sus libros, pero le aseguro que será un éxito. Sus libros son muy famosos y sé que a los niños les gustaría mucho conocer a la autora de los cuentos del Conejito Solitario.

Tula miró a los niños, más de una docena, que había en la sección, todos ellos absortos en las maravillas de un libro. Dedicarles un par de horas no era tanto sacrificio.

–Lo haré encantada –dijo por fin.

–Estupendo –contestó Barbara–. Déjeme un número de teléfono para ponerme en contacto con usted. ¿Qué le parece dentro de tres semanas?

–Muy bien –mientras Barbara iba a buscar papel y lápiz se dijo que tal vez tres semanas después estuviera de vuelta en Crystal Bay. Sola. Eso implicaría ir a la ciudad en coche, pero podría pasarse a ver a Nathan.

Le dolió pensarlo porque el niño formaba parte de su vida hasta tal punto que no se imaginaba siendo simplemente una visita ocasional. Dejó el libro que tenía en las manos en el estante y se arrodilló frente al cochecito.

Acarició la mejilla de Nathan y miró sus ojos castaños, tan parecidos a los de su padre.

–¿Qué voy a hacer sin ti, Nathan? Si te pierdo ahora ni siquiera me recordarás.

El corazón se le partió al darse cuenta de que el niño

nunca sabría cuánto lo quería ni cuánto le dolía no formar parte de su vida.

Había accedido a ser la tutora del niño a causa de su prima, pero no sabía que, al hacer lo correcto, arruinaría su vida.

Al día siguiente, Simon llegó pronto a casa, pero no había nadie para recibirlo.

Seguía muy enfadado por el discurso que le había soltado Tula la noche anterior, en el que le describía su rutina diaria y lo hacía parecer un tipo aburrido y carente de interés.

En respuesta a sus palabras, Simon había modificado lo que hacía diariamente. Había recorrido las diversas secciones de los grandes almacenes deteniéndose a charlar con los empleados. Había ido a hablar personalmente con los jefes de departamento en vez de enviar a Mick a hacerlo. Incluso había explicado a un empleado nuevo cómo hacer inventario.

Los empleados se habían sorprendido ante su interés. Pero él también había notado que todos parecían contentos de que los hubiera escuchado y prestado atención.

No sabía por qué no lo había hecho mucho antes. Estaba tan acostumbrado a regir su imperio desde su despacho, que casi se había olvidado de los miles de empleados que dependían de él.

Mick, por supuesto, le había tomado el pelo por su repentina aversión a la rutina.

–Este nuevo enfoque no tendrá nada que ver con una escritora de libros infantiles, ¿verdad?

Simon lo fulminó con la mirada.

–Déjalo.

–¡Ja! O sea, que tiene que ver –Mick lo siguió hasta el vestíbulo y el ascensor–. ¿Qué te ha dicho para hacerte cambiar?

Estaba tan irritado por lo que Tula le había dicho que se lo contó a Mick.

Éste se rió mientras las puertas del ascensor se cerraban y Simon pulsaba el botón de descenso a la planta baja.

–Me encantaría haberte visto la cara.

–Gracias por tu apoyo.

–Vamos, Simon, tienes que reconocer que con los años te has estancado en la rutina.

–Tener un horario no tiene nada de malo.

–Siempre que te permita respirar.

–¿Estás de su parte?

Mick sonrió de oreja a oreja.

–Totalmente.

Simon gruñó al recordarlo mientras subía las escaleras en medio de un extraño silencio. Llevaba años volviendo a casa y disfrutando de su tranquilidad. Pero, en aquel momento, tras los pocos días que llevaban Tula y el niño viviendo allí, el silencio le resultaba claustrofóbico.

–No seas ridículo y disfruta de esta paz mientras puedas –murmuró. Se dirigió a su habitación, pero se detuvo frente a la habitación de Nathan. Aunque él no estaba, percibía su olor.

Entró y observó los estantes llenos de pañales, juguetes y animales de peluche. También echó una ojeada al armario donde colgaban camisas y pantalones ordenados por colores. En el suelo se alineaban los zapatitos como si fueran soldados de plomo.

Sabía que en la cómoda estarían los pijamas, pantalones cortos, calzoncillos y calcetines y la ropa de cama. La cuna tenía una colcha de colores y había una pequeña estantería con libros infantiles en orden alfabético.

Aunque Tula fuera un desastre para sus cosas, en la habitación del niño reinaba el orden. A ella le había parecido que el color beis de las paredes no contribuiría a despertar la creatividad del niño, por lo que no había tardado en poner dibujos de unicornios y arcoiris en las paredes ni en colgar un móvil de planetas y estrellas con los colores primarios sobre la cuna.

Simon se sentó en la mecedora y sacó uno de los libros de la estantería: *El Conejito Solitario encuentra un jardín.*

Leyó el título en voz alta con un suspiro. Como ya sabía la historia de Tula, se la imaginó de niña tratando de hacerse amiga del conejo solitario. Y frunció el ceño al recordar la insensibilidad de su madre ante sus miedos.

La compadecía.

Abrió el libro y leyó el copyright. Tula figuraba como Tula Barrons Hawthorne.

Simon recordó que, cuando salió con Sherry, la madre de Nathan, ésta le había dicho que su tío trabajaba en lo mismo que él.

–Jacob Hawthorne –dijo en voz alta. Inspiró lenta y profundamente y se sintió invadido por una antigua ira.

Jacob Hawthorne era una espina que llevaba clavada desde hacía años. Sus grandes almacenes le disputaban un espacio que Simon quería para su compañía. Tres años antes, Jacob se había quedado, con malas artes, con un terreno que Simon había elegido para ampliar el negocio.

Debido a esa maniobra, tardó meses en encontrar otra propiedad adecuada para la ampliación.

Por no hablar de las tiendas Bradley que Jacob había comprado cuando el padre de Simon se dedicaba con alegría a llevar la compañía a la bancarrota. Se había aprovechado de una mala situación y la había empeorado. Casi había conseguido apoderarse de la central Bradley.

Cuando Simon se hizo cargo del negocio familiar estaba en tan mal estado que tardó años en sacarlo a flote.

Jacob Hawthorne era implacable. Dirigía su compañía como un señor feudal y le traía sin cuidado aplastar a todo aquél que se interpusiera en su camino.

Cuando Simon salió con Sherry, le agradó la idea de cortejar a un miembro de la familia Hawthorne porque sabía que el viejo se pondría furioso si llegaba a enterarse. Pero la inestabilidad de Sherry había hecho que la relación acabase rápidamente. Y había resultado que tenía un hijo de ella, lo que implicaba que el niño era pariente de Jacob Hawthorne.

Aquello era un trago amargo y lo sería aún más para Jacob. Pero había más. Si Sherry y Tula eran primas, ésta también era pariente de Hawthorne. Pero antes de que Simon pudiera seguir pensando, sonó su teléfono móvil.

–Simon, soy Dave, del laboratorio.

Se puso tenso. Era la llamada que llevaba días esperando, los resultados de la prueba de paternidad. Por fin sabría con certeza a qué atenerse.

–¿Y? –preguntó sin querer perder ni un instante en charlar con su interlocutor cuando algo trascendental estaba a punto de suceder.

–Enhorabuena –le dijo su amigo–. Eres padre.

Simon se quedó petrificado al tiempo que se le ponían los nervios de punta.

Era padre. Nathan era realmente su hijo.

–¿Estás seguro? ¿No hay posibilidad de error?

–Hazme caso. He hecho la prueba dos veces yo mismo para estar seguro. El niño es tuyo.

–Gracias, Dave –dijo Simon mientras dejaba el libro en una mesita próxima y se levantaba–. Te lo agradezco mucho.

–De nada.

Cuando su amigo colgó, Simon miró el teléfono pensando en los problemas que se avecinaban.

Como, por ejemplo, qué hacer con la mujer que lo estaba volviendo loco, la misma que se interponía entre la custodia de su hijo y él.

Capítulo Siete

Tula se percató de que algo había cambiado, pero no sabía el qué. Desde que había vuelto de pasear con Nathan, Simon la había estado observando de manera distinta a la habitual. Había deseo, pero también precaución en su mirada.

Eso incrementó la ansiedad que llevaba días sintiendo. Estaba a punto de estallar. Era como si su interior estuviera lleno de alambres tan tensos que fueran a saltar.

El simple hecho de estar cerca de Simon se le hacía difícil. Lo deseaba y lo necesitaba demasiado. Y apenas podía respirar al sentir sus ojos oscuros persiguiéndola constantemente y las oleadas de deseo que despedían.

Había dado de cenar y bañado a Nathan y estaba a punto de leerle un cuento antes de dormirlo. Aunque sabía que el niño no entendía las palabras ni la historia, le gustaban aquellos momentos de tranquilidad con él y le parecía que Nathan disfrutaba oyendo su voz mientras se iba quedando dormido. Pero antes de que pudiera empezar, Simon entró en la habitación.

Ella sonrió. Era la primera vez que Simon participaba en el ritual de acostar a su hijo.

–Hola –dijo ella.

–Creo que esta noche me quedaré aquí contigo –Simon la miró largamente y luego dirigió la vista al bebé en la cuna.

Tula pensó que estaba presenciando algo profundo. Simon tenía los rasgos tensos y la mirada indescifrable, pero había una solicitud en su actitud que no había visto antes.

Él se inclinó sobre la cuna como si viera al niño por primera vez.

–¿Qué te pasa, Simon? Llevas toda la noche actuando de forma extraña.

–No me pasa nada. Va todo bien. Esta tarde me dieron los resultados de la prueba de paternidad.

Tula contuvo la respiración. Sabía desde el principio que Simon era el padre porque Sherry no la hubiera mentido sobre algo así. Pero entendía que Simon, un maniático del orden y la lógica, hubiera tenido que esperar para convencerse.

–¿Y?

–Es hijo mío.

Simon tomó a Nathan de la barbilla. El niño le sonrió y los ojos de Simon mostraron la emoción que sentía. Tula observó conmovida cómo reconocía a su hijo por primera vez.

Parecía que el mundo se había detenido, que el planeta había dejado de girar y que sus habitantes se habían visto reducidos a ellos tres.

Tula se sintió al margen, una intrusa en una escena íntima, lo cual le produjo un terrible dolor.

Llevaba semanas siendo la figura central del universo de Nathan. Cuando lo compartía con Simon, lo seguía siendo porque éste se había obstinado en no implicarse emocionalmente con el niño mientras le iba haciendo un sitio en su vida. Pero ya había aceptado la verdad y sabía que Nathan era su hijo; y querría tenerlo para él solo.

A pesar del dolor que le oprimía el pecho, se dijo que así tenía que ser. Era lo que Sherrry quería, que Nathan conociera a su padre y que ambos formaran una familia.

«Una familia de dos», pensó con tristeza.

Se apartó de la cuna con la intención de dejarlos a solas. Pero Simon la agarró del brazo.

–No te vayas.

–Tienes que quedarte un rato a solas con Nathan.

–Quédate, Tula –insistió él en voz baja.

–Simon…

Él la atrajo hacia sí y le pasó el brazo por los hombros. Después hizo que se girara hacia la cuna y los dos contemplaron al niño, que se había quedado dormido. Aquella noche no habría cuento. Los rasgos de Nathan eran perfectos, la viva imagen de la inocencia. Tenía las manos por encima de la cabeza y estiraba y doblaba los dedos como si, en sueños, estuviera jugando a atrapar a los ángeles.

–Es una hermosura –susurró Simon.

Tula sintió un nudo en la garganta. Era un milagro que pudiera respirar.

–Sí.

–Supe que era mío desde el principio, pero tenía que estar seguro.

–Lo sé.

Él se volvió a mirarla.

–Quiero tener a mi hijo, Tula.

–Por supuesto –el tendría a Nathan y ella tendría al… Conejito Solitario.

–También quiero tenerte a ti.

–¿Qué? –sobresaltada, lo miró a los ojos, que brillaban de deseo. Aquello no se lo esperaba. Se estremeció. ¿Acaso le estaba diciendo que…?

–Ahora –dijo él tirando de ella para sacarla de la habitación y llevarla al vestíbulo.

–Simon…

–Te deseo ahora, Tula –repitió él mientras la atraía hacia sí y le tomaba la cara entre las manos.

«¡Ah!», pensó ella, «quiere a Nathan para siempre, pero a mí me quiere ahora». Ésa era la diferencia. Se recriminó por haber creído que Simon se refería a otra cosa.

Llevaba casi una semana en su casa y sabía que era un hombre frío, que no perdía la calma y que no tomaba decisiones a la ligera. Aunque a él le gustaba creer que reaccionaba por instinto, lo cierto era que examinaba la situación desde todos los ángulos posibles antes de tomar una decisión.

No era un hombre que fuera a tomar el deseo sexual y el amor compartido hacia un niño para crear un cuento imposible con final feliz. Eso se lo había imaginado ella.

Y era lo que deseaba su corazón.

Tenía que haber sido más inteligente. «¡Qué estúpida!», se dijo mientras miraba a Simon a los ojos. ¡Qué tontería haberse permitido que él le importara y concebir sueños que nunca se harían realidad!

Ellos tres no formaban una familia, sino una unidad temporal hasta que Simon y Nathan encontraran el modo de estar juntos. Entonces la «tía Tula» se iría a su casa y de vez en cuando volvería a la ciudad para hacerles una visita.

Cuando Nathan creciera, el tiempo que pasase con ella era tiempo que se quitaba de estar con sus amigos. Se comportaría con ella, con amabilidad, obligado por su padre, como si fuera un familiar lejano.

El niño a quien tanto quería no recordaría su amor ni que le cantaba por las noches y jugaban por las mañanas. No sabría que hubiera hecho cualquier cosa por él ni recordaría que habían estado tan unidos como si fueran madre e hijo.

Él no recordaría aquellos días y noches, pero a ella la perseguirían para siempre.

Volvería a estar sola, pero sería mucho peor que antes porque sabría lo que se estaba perdiendo.

–Tula –susurró Simon.

Ella abandonó aquellos pensamientos que amenazaban con ahogarla de tristeza.

Él le levantó la barbilla hasta que sus miradas se cruzaron. Los ojos de ella brillaban con las lágrimas que se negaba a derramar por un sueño que no debiera haber existido.

Hasta ese momento, Tula no se había dado cuenta de que estaba más que medio enamorada de un hombre que nunca sería suyo.

–¿Qué te pasa? ¿Estás llorando?

–No –contestó ella con rapidez porque no podía decirle que acababa de despedirse de una fantasía–. Claro que no.

Él aceptó su palabra mientras le pasaba los dedos por las mejillas.

–Ven a mi habitación, Tula –le dijo en voz baja.

Su voz era una invitación erótica que ella era incapaz de resistir y a la que no se quería resistir. Aunque se hubiera olvidado de sus fantasías, no era tan tonta como para darle la espalda a la realidad, por breve que fuese.

Puso sus manos sobre las de él y le dio la respuesta que ambos deseaban.

–Sí, Simon. Iré contigo. Yo también te deseo. Mucho.

–Menos mal –se inclinó y la besó con fuerza.

–Déjame encender antes el intercomunicador –dijo ella volviendo a la habitación del niño. Lo miró suspirar y sonreír en sueños y encendió él aparato.

Volvió a mirar a Nathan durante unos instantes y después se volvió hacia la puerta, donde estaba Simon. Sus ojos brillaban con un fuego que era el mismo que ella sentía. Su cuerpo lo anhelaba y el centro de su femineidad estaba húmedo de deseo. Se aproximó a él y Simon la tomó en brazos.

–Sé andar, por si no te has dado cuenta –dijo ella con ironía. Los restos del dolor que había experimentado los ahogó una oleada de incipiente pasión. A pesar de que había protestado, le encantaba que la llevara en brazos, apoyada contra su fuerte cuerpo.

–¿Para qué va a andar cuando te pueden llevar?

Tula tuvo que reconocer que ir acurrucada en su pecho era mucho mejor que una larga caminata por el pasillo silencioso. Simon inclinó la cabeza para volverla a besar brevemente pero con fiereza. Cuando se separó de su boca, los ojos le brillaban de tal modo que Tula tuvo un escalofrío. Había pasión en ellos y algo más peligroso. Sintió cosquillas en el estómago.

La cabeza le daba vueltas y el corazón le latía desbocado. Se abrazó a su cuello cuando entraron en la habitación de él y se dirigieron a la cama. No había estado allí antes y echó una mirada a su alrededor. Era enorme y muy masculina. Había sillas de cuero frente a la chimenea y dos ventanales que daban al parque y desde los que se divisaba el mar a lo lejos. La cama era tan grande que podrían dormir cuatro personas en ella cómodamente. La luz de la luna que entraba por las ventanas dibujaba un sendero de plata sobre el lecho, como si alguien hubiera dibujado un mapa del lugar al que los dos querían ir.

—Tienes que ser mía. Ahora —masculló él mientras la dejaba sobre la cama.

—Sí, Simon —respondió ella desabotonándole la camisa y arrancándole los botones que no salían con facilidad.

Simon estaba loco de deseo. Se olvidó de todo lo que había planeado decirle aquella noche frente a la abrumadora necesidad que experimentaba. Le quitó el jersey. Debajo llevaba una blusa de seda rosa. Su mirada quedó atrapada en los pezones. No llevaba sujetador, lo cual estaba bien. Menos tiempo desperdiciado.

Llevaba horas sin poder pensar más que en ella. Ya tenía la respuesta sobre la paternidad de Nathan y cualquier otra pregunta podía esperar. Ella era lo que necesitaba y lo que quería tener.

Sólo ella.

Le quitó la blusa y dejó sus senos al descubierto a su mirada hambrienta. Se le hizo la boca agua. Se deshizo de su camisa mientras ella le tiraba de las mangas, pero no se preocupó de seguirse desvistiendo.

Se quitarían el resto cuando fuera necesario. Inclinó la cabeza hacia los senos femeninos y primero se llevó un pezón a la boca; después el otro. Ella lanzó un grito ahogado y se arqueó apretándose contra él y pidiendo más en silencio.

Él le dio lo que quería.

Sus labios, su lengua y sus dientes se deslizaron por la punta de sus senos. Su sabor le llenó la boca, los suspiros de ella lo inflamaron. Tula le sujetó la cabeza contra sus pechos mientras se retorcía con desesperación pidiendo más. Pidiéndole todo.

Él quería lo mismo. Estaba tan excitado que le parecía que estallaría si no la penetraba. Apartó la boca de sus senos y se deslizó por su cuerpo exuberante.

–Tan bajita y tan perfecta –susurró.

–No soy bajita –protestó ella. Cuando él trazó un círculo con la lengua alrededor de su ombligo, lanzó un grito ahogado–. Lo que pasa es que tú eres demasiado alto.

Él sonrió y la miró.

–Vale, soy bajita.

–Y tienes curvas –añadió él mientras le bajaba la cremallera de los vaqueros. La acarició con la punta de los dedos y ella gimió.

Simon volvió a sonreír y tiró de los pantalones para quitárselos. Cayeron al suelo y él se detuvo un momento a mirar el tanga de encaje rosa que llevaba.

–Si llego a saber que debajo de los pantalones había esto, habríamos estado en esta cama mucho antes.

Ella se pasó la lengua por el labio inferior.

–Y ahora que lo sabes, ¿qué vas a hacer?

Simon le respondió bajándole el tanga y quitándoselo.

—Creo que comenzaré por esto —dijo y deslizó la lengua por la parte más sensible de su cuerpo.

Ella experimentó una sacudida y se revolvió mientras las manos masculinas la sujetaban. Simon no iba a dejar que se fuera. La atrajo aún más hacia sí, colocó las piernas de ella en sus hombros y tomó el centro de su feminidad con la boca.

Tula gimió impotente ante la avalancha de emociones y sensaciones que la recorrían por entero. Miró hacia abajo para verlo mientras la besaba tan íntimamente como nadie lo había hecho.

Era erótico y sensual observar cómo la lamía y la besaba y, al mismo tiempo, sentir lo que le hacía sentir. En su interior, la necesidad y el deseo habían formado un nudo que parecía latir al mismo ritmo que su corazón.

Y a medida que aumentaba la velocidad de los latidos, lo hacía la tensión en su interior. Sintió que se acercaba a un precipicio que aumentaba de altura a cada segundo. Se lanzó hacia él rindiéndose a las sensaciones increíbles que la recorrían. No se contuvo en absoluto: suspiró, gimió, susurró el nombre de Simon mientras él la llevaba hasta el final del camino.

No podía respirar. Extendió los brazos al sentir que se avecinaba la explosión que sabía que vendría y, cuando se produjo, agarró la colcha como si de ello dependiera su vida. El mundo se estremeció y su mente se quedó en blanco ante las oleadas de placer que experimentó.

Antes de lanzar el último suspiro de satisfacción, Simon se tendió sobre ella.

La miró a los ojos mientras la penetraba. Ella lanzó un grito ahogado ante la nueva sensación que invadía su mente, su cuerpo y su corazón. Se agarró a los hombros de él y miró sus ojos oscuros que brillaban con la misma pasión desbordante con la que se aferraba a ella. Una y otra vez el cuerpo de él reclamó el de ella de la forma más íntima posible. Una y otra vez ella se entregó a él sin reparos. Una y otra vez él la fue empujando cada vez más deprisa hacia una cima donde nunca había estado.

El clímax fue tan intenso que la dejó sin respiración. Unos segundos después sintió que él lo alcanzaba y que murmuraba su nombre. Después se derrumbó sobre ella, jadeante y con el corazón latiéndole a toda velocidad.

Tula lo abrazó con fuerza. No quería que se moviera ni que despareciera aquella intimidad que era aún más estrecha que la que acababan de compartir. Podían haber sido minutos u horas los que pasaron sintiéndose saciados. Al final, él alzó la cabeza, la miró a los ojos y le dedicó una sonrisa sexy y juguetona. Esa sonrisa fue el último empujón que ella necesitaba para deslizarse por un tobogán al final de cual se temía que estuviera el amor.

–¿Qué te pasa? –preguntó él–. Pareces preocupada.

Lo estaba. Preocupada por su equilibrio mental y su bienestar. Tula pensó que enamorarse de Simon sería un error garrafal, por lo que no lo haría. Se negaría a dar ese último paso. No sería fácil, pero tenía que protegerse, ya que enamorarse de Simon y perderlo la destrozaría.

–¿Preocupada? –repitió buscando algo que decir.

–He usado protección –le aseguró él–. Aunque no te hayas dado cuenta, lo he hecho.

–Gracias –dijo ella preguntándose al mismo tiempo si no habría sido mejor que no lo hubiera hecho. De ese modo, tal vez habría podido tener un hijo propio que la ayudara a llenar el vacío de la pérdida de Nathan.

–Tula… –se apoyó en los codos y tomó aliento–. Deberíamos hablar de lo que acaba de pasar.

–¿Es necesario? –cuando un hombre decía a una mujer que tenían que hablar no solía ser para decirle: «Vaya, ha sido fantástico. Estoy muy contento».

Simon se echó hacia un lado y ella sintió el frío de la habitación en la piel cuando él se separó. Simon apoyó la espalda en las almohadas, sin dejar de mirarla.

–Sí, tenemos que hacerlo. Mira, creo que esto era… inevitable.

–¿Como la muerte y los impuestos?

–Sabes a lo que me refiero.

–Sí, y tienes razón –afirmó ella mientras se incorporaba para sentarse a su lado.

Él estaba desnudo y parecía a gusto, pero Tula de repente se sintió frágil y expuesta, por lo que agarró la colcha y se cubrió con ella.

–No debes sentirte culpable, Simon. Yo también lo deseaba. No me has seducido.

–Ya lo sé. Pero eso no es lo importante. Lo importante es que tenemos que seguir relacionándonos a causa de Nathan y quiero estar seguro de que nos entendemos.

–¿Qué quieres decir? –preguntó ella mirándolo a los ojos.

–Sólo eso, que eres tú quien lleva las riendas en la custodia de Nathan.

Ella siguió mirándolo a los ojos, que se habían vuelto fríos. Se había alejado de ella sin moverse del sitio.

–No quiero –continuó él con voz dura– que lo que acaba de pasar entre nosotros influya en eso.

Tula siguió mirándolo, desconcertada. Lo que oía no era lo que había esperado. Pensaba que le iba a soltar el gastado discurso de que había sido un error que no se volvería a repetir.

–¿Lo dices en serio? –preguntó ella, furiosa e indignada–. ¿De verdad me crees capaz de usar esto contra ti?

–No he dicho eso.

–Sí, claro que lo has dicho –apartó la colcha y saltó de la cama, agarró los pantalones y se los puso al no poder encontrar el tanga–. Me resulta increíble que, después de lo que acabamos de hacer, creas que yo… ¿Cómo se te ha ocurrido? Soy estúpida. Tendría que haberlo visto venir.

–Espera un momento…

–Es lo más insultante que me han dicho en mi vida.

–No era mi intención insultarte.

Simon se levantó y agarró sus vaqueros. Mientras se los ponía le dijo en un tono tranquilo y paciente:

–Somos personas adultas y deberíamos poder hablar de esto sin exaltarnos.

–¿Sin exaltarnos? Me gustaría demostrarte lo que es estar exaltada. Querría tirarte algo a la cabeza.

–No resultaría de mucha ayuda.

–En eso no nos parecemos, Simon –prosiguió ella

mientras se ponía el jersey–. Tirar cosas en estos momentos me parece algo muy útil. A mí no me da miedo exaltarme.

–¿De qué hablas? ¿Quién te ha dicho que a mí me dé miedo? No estamos hablando de eso.

–¿En serio? Pues a mí sí me lo parece. ¡Por Dios, Simon! Te has relajado… ¿cuánto? ¿Veinte minutos? ¿Formaba yo parte del programa? ¿Habías escrito «sexo con Tula» y después vuelta a los negocios?

–No seas ridícula –masculló él.

–Vaya, ahora soy ridícula. Eres tú quien está haciendo de esto algo que nunca ha sido. Ese discurso no era sobre Nathan, sino una forma de recular para no permitirte sentir algo genuino.

–Por favor, Tula. En esto no han tenido nada que ver los sentimientos. Teníamos un sarpullido y nos hemos rascado. Eso es todo.

–¿Un sarpullido? ¿Así llamas a lo que acaba de pasar?

–¿Cómo lo llamas tú?

Buena pregunta. No iba a darle un nombre bonito en ese momento, no estaba dispuesta a proporcionar a Simon esa satisfacción. Así que prefirió no contestar.

–Simon, en el momento en que te has sentido cerca de mí, te has echado atrás y te has ocultado tras esa máscara rígida y profesional que llevas como otro de tus trajes.

–¿Cómo dices?

–Espera –dijo ella llevada por sus sentimientos heridos y por haberse sentido insultada–. Estoy empezando. Lo que te preocupa ahora que he estado en tu fabulosa cama es que trate de utilizarlo para decidir el futuro de Nathan. Pues permíteme decirte que el sexo contigo no va a cambiar mi decisión sobre la custodia.

–¿Detecto un insulto en tus palabras?

–Posiblemente, pero aún no he terminado.

–Pues hazlo.

–Todavía no me has demostrado que estés mínimamente preparado para hacerte cargo del niño. Pero si casi no te has acercado a él hasta estar seguro de que era tu hijo.

–¿Y eso es malo?

–Lo es cuando lo que tratas es de protegerte en vez de darle una oportunidad al niño.

–No era eso lo que hacía.

Se miraron con ojos brillantes de una pasión que nada tenían que ver con el sexo.

–Esto ha sido un error –afirmó Tula–. Pero por suerte no tenemos que repetirlo.

–Muy bien. Probablemente sea lo mejor. Pero te sigo deseando.

Ella lo miró durante unos segundos.

–Sí, yo también. Buenas noches, Simon.

Salió de la habitación sin que él tratara de detenerla, pero no pudo evitar volverse para mirarlo por última vez. Parecía poderoso. Sexy.

Y muy solo.

Y a pesar de lo que había sucedido, algo en su interior la empujaba a volver y abrazarlo.

Tuvo que recordarse que él había elegido la soledad.

Capítulo Ocho

–Sé que no he sabido manejarlo.

–Sí –asintió Mick al día siguiente–. Tú lo has dicho. ¿Tratabas de que se enfadara?

–No –dijo Simon mientras pensaba en la noche anterior, de la que no recordaba mucho salvo la urgente necesidad de tener a Tula debajo de él. Aunque sí recordaba con claridad la pelea posterior. Seguía sin saber qué la había provocado. Su intención no había sido que Tula se diera cuenta de que era consciente de que ella controlaba la situación.

Lo único que quería era que supiera que su entrepierna no iba a gobernar su conducta; que él era algo más que sus pasiones; que el sexo con ella, por fabuloso que fuera, no iba a cambiarlo.

Él establecía las normas.

Siempre.

Pero, cuando estaba con Tula, su racionalidad desaparecía. En ese momento, en su despacho, lejos de ella que lo volvía loco, era capaz de pensar con claridad. Lo que necesitaba saber era lo que Mick había averiguado sobre ella.

–No te pelees nunca con una mujer después de hacer el amor –le dijo Mick–. Ellas se sienten afectuosas. Ellos quieren dormir. Así que incluso hablar puede ser peligroso si quieres volver a hacerlo.

Simon pensó que él quería. Ya la deseaba en el momento en que ella salió de la habitación. Y durante toda la noche. Y por la mañana se había despertado deseándola.

–Ahórrate los consejos y dime qué has averiguado.

Mick frunció el ceño y Simon pensó que ésa era la desventaja de que tu mejor amigo trabajara para ti: no le gustaba recibir órdenes y daba su opinión le gustase a Simon o no.

–¿Qué has encontrado? Sé qué es pariente de Jacob Hawthorne. ¿Pero qué es? ¿Su sobrina?

–Alguien mucho más cercano: su hija. Hawthorne y su mujer se separaron cuando Tula era una niña. La madre se mudó a Crystal Bay. Tula visitaba a su padre con frecuencia, pero hace unos años cortó toda relación con la gente de aquí, incluso con su padre. Mis fuentes no sabían mucho al respecto, sólo que Tula ha sido un problema para el viejo.

Simon ya sabía que se había trasladado con su madre a aquel pueblo. Pero ¿por qué se había dejado de relacionar con todos, incluso con su padre? ¿Y por qué no había él, Simon, oído nada de que Jacob tuviera una hija? ¿Estaba ese canalla protegiéndola? No lo consideraba capaz de ser leal a su familia.

–Y –prosiguió Mick– parece que cuando ella comenzó a publicar libros infantiles lo hizo con el segundo apellido, Barrons, el de su abuela materna. Esa abuela le dejó en herencia un fondo de inversiones para que no tuviera que…

Simon se inclinó hacia delante apoyando los brazos en las carpetas perfectamente ordenadas de su escritorio.

–¿De cuánto?

Mick hojeó los papeles que tenía en la mano.

–Desde tu punto de vista, no sería mucho. Para la mayoría, bastante. Al menos le ha permitido comprarse una casa y poder vivir mientras escribe.

–¿No gana mucho con los libros?

Mick negó con la cabeza.

–Tiene una cantidad de lectores pequeña, pero que se va incrementando. Es probable que también lo vayan haciendo sus ganancias, pero entre la escritura y el fondo vive bien para lo limitado de sus medios.

–Muy interesante –el padre de Tula era rico y ella vivía en una casita a una hora de la ciudad. ¿Qué historia habría detrás?

–Lleva años sin ver a su padre –continuó Mick–. Pero lo cierto es que el viejo tampoco sale nunca de la ciudad.

Simon pensó que apenas salía del edificio Hawthorne. Vivía en el ático de su cuartel general, desde donde gobernaba el mundo, y rara vez se relacionaba con la «gente sin importancia».

Al pensarlo, Simon hizo una mueca. Hasta unos días antes en que había estado hablando con sus empleados, se podría haber dicho lo mismo de él. Había semejanzas muy incómodas entre Simon y su enemigo.

–¿Algo más?

–No –dijo Mick mientras dejaba los papeles en su regazo–. Probablemente averiguaré más si quieres que siga investigando.

Simon lo pensó durante unos instantes. Si decía a Mick que siguiera indagando, en un par de días habría reunido toda la información disponible sobre Tula. Pero ¿necesitaba saber más? Ya sabía quién era, la hija de su enemigo.

Y eso era mucho.

Mientras Mick seguí hablando y le ofrecía consejos que no le hacían falta, Simon trató de examinar la situación con objetividad. Era evidente que Tula lo atraía. La pasión que despertaba en él nunca la había experimentado. Pero ya sabía quién era y de ninguna manera iba a confiar en alguien de la familia Hawthorne.

–¿Qué estás tramando?

–No sé de qué me hablas –contestó Simon mirando a su amigo.

–Conozco esa mirada. Es la que sueles tener antes de planear hacerte con una empresa cuyo presidente no sospecha nada.

Simon se echó a reír y trató de cambiar de tema.

–Todo presidente sospecha siempre.

–¡Maldita sea, Simon! ¿Qué te propones?

–Cuanto menos sepas, mejor –respondió Simon, consciente de que su amigo trataría de disuadirlo.

–Quieres decir que cuanto menos sepa, menos objeciones por mi parte tendrás que oír.

–También.

Mick golpeó con fuerza los brazos de la silla.

–Estás loco. ¿Y qué pasa porque sea miembro de la familia Hawthorne? Su padre es un canalla, pero ella no tiene nada que ver con él.

–No importa.

–¡Por Dios, Simon! Hace años que rompió con él. Ni siquiera usa su apellido.

–Sigue siendo su hija –insistió Simon–. ¿No lo entiendes? Que consiga la custodia de Nathan depende en estos momentos de la hija del hombre que trató de destruir a mi familia. ¿Cómo demonios tengo que tomármelo, Mick? ¿Y si decide no dar nunca su aprobación para que me quede con el niño?

—¿Crees que lo haría?

—Es miembro de la familia Hawthorne —en su opinión, eso lo explicaba todo. Había sido un idiota. Había comenzado a confiar en Tula, a sentir algo por ella, mucho más que lo que había sentido por nadie en su vida.

¿Y se enteraba de eso? Estaba seguro de que el testamento de la madre de Nathan era obra de Jacob; tal vez en connivencia con Tula para que conociera a su hijo y después arrebatárselo.

Se levantó de un salto. Dio la espalda a su amigo y se puso a mirar por la ventana la vista de San Francisco que a Tula tanto le había gustado el primer día.

Pero en vez de los rascacielos y la bahía, la vio a ella.

Sus ojos. Su sonrisa. El hoyuelo de la mejilla. La oyó suspirar, sintió las oleadas de satisfacción que la invadieron cuando hicieron el amor.

Había pasado una noche desde que estuvieron juntos y la volvía a desear con locura. ¿También había ella planeado eso? ¿Había decidido seducirlo para aplastarlo después y sentarse a disfrutar del espectáculo con su padre?

Sintió un nudo en el estómago y el corazón se le volvió de hielo. El plan poco definido que le rondaba la cabeza cada vez le parecía mejor.

—Como metas la pata, puedes perder a tu hijo —le recordó Mick.

Simon lo sabía perfectamente.

–No –dijo mientras se volvía a mirarlo–. ¿No lo entiendes? Depende de ella que se me considere capaz de hacerme cargo del niño. ¿Cómo voy a empeorar las cosas?

–Te puedo enumerar varias formas –murmuró Mick, sombrío.

–Ya verás –dijo Simon mientras su plan adquiría forma definitiva en su mente–. Voy a seducir a Tula –«de nuevo», pensó– hasta que no pueda pensar con claridad. Cuando haya acabado, apoyará que me den la custodia de Nathan. Y cuando esté seguro de que es así, iré a ver a su padre y le diré que me he acostado con su hija. Si eso no le provoca una apoplejía, no sé que otra cosa podría hacerlo.

–¿Y ella? –preguntó Mick en voz baja.

Simon reflexionó durante unos segundos lo que pasaría cuando Tula descubriera que la había utilizado. Pero dejó de hacerlo al pensar en la familia de la que provenía, habituada a utilizar a los demás y a ser utilizada.

–Da igual –masculló.

–Como quieras –Mick se puso de pie e hizo un gesto negativo con la cabeza–. Me voy a casa, pero antes te voy a dar un último consejo.

–Seguro que no me va a gustar.

–A nadie le gusta que le den consejos sin pedirlo.

–Muy bien, suéltalo.

–No lo hagas.

–¿Que no haga qué?

–Lo que planeas –Mick miró a su amigo a los ojos y añadió muy serio–: déjalo.

Simon negó con la cabeza.

–Hawthorne me engañó.

–Su hija no lo ha hecho.

–Me mintió sobre quién era. Tal vez sobre los motivos por los que está en mi casa.

–Eso no lo sabes. Podrías preguntárselo.

Simon lo fulminó con la mirada.

–No lo entiendes.

–Tienes razón –le dijo Mick mientras se dirigía a la puerta–. No lo entiendo. La última semana te he visto casi… feliz y no me gustaría que lo estropearas, Simon.

Éste no respondió. ¿Qué podía decir? Tenía la oportunidad de vengarse de Jacob Hawthorne y, a la vez, de disfrutar de una mujer a la que deseaba más de lo que quisiera.

La imagen de Tula se formó en su mente y se excitó de forma instantánea. Al recordar cómo le había respondido cuando estaban en la cama y él la deseaba con desesperación, hubiera hecho lo que fuera por poseerla en aquel mismo instante. Ni siquiera la pelea que habían tenido después lo había enfriado. Nunca había disfrutado tanto peleándose.

Sin embargo, se dijo que eso no quería decir nada. Era cierto que había reconocido que ella le gustaba, pero había sido antes de saber quién era. Y ya no estaba seguro de poder creer en ella. Tal vez estuviera fingiendo.

Si lo estaba haciendo, sería él quien reiría el último. Si no fingía…

No estaba dispuesto a considerar esa posibilidad. Tula Hawthorne era una persona adulta que tomaba sus propias decisiones. Y si decidía volver a acostarse con él, y lo haría, sería por su propia voluntad.

A ella no le pasaría nada.

Él se vengaría.

Y tendría a su hijo.

–Se comportó como un imbécil –dijo Tula, que hablaba por teléfono, y vio que Nathan la miraba. No le importaba que algunos dijeran que los niños no se daban cuenta de todo lo que les rodeaba. Sabía que Nathan era sensible al tono de su voz y a su estado de ánimo, así que se obligó a sonreírle, a pesar de la frialdad que sentía en su interior.

–Cielo –le respondió Anna– tú siempre me recuerdas que la mayoría de los hombres son imbéciles.

–Sí –afirmó Tula entre dientes al tiempo que seguía sonriendo al niño–. ¡Por Dios, Anna! Aún no había comenzado a apagarse la llama cuando me atacó como un perro rabioso.

–Espero que te defendieras.

–Lo hice –dijo Tula recordando la pelea de la noche anterior, que había influido en todo lo sucedido antes, lo cual no había sido poco.

El sexo con Simon fue aún más increíble de lo que se había imaginado. Pero la ponía furiosa que Simon lo hubiera echado a perder después.

–Pero no entendió nada de lo que le dije –prosiguió–. Así que da igual que me defendiera. Se comportó con tanta frialdad, con tanto…

–Lo sé, hazme caso –le aseguró Anna–. Acuérdate de lo horrible que era Sam al principio.

—Es distinto.

—¿Por qué?

Tula rió sin ganas.

—Porque en este caso se trata de mí.

—Ah, claro.

Tula volvió a reír sin poderlo evitar.

—Vale, vale. Has sufrido, todas las mujeres sufren. Pero yo estoy sufriendo ahora.

—De acuerdo.

—Gracias. ¿Algún consejo?

—Muchos, pero no necesitas que te aconsejen, Tula. Ya sabes lo que debes hacer.

—¿De verdad? ¿Y qué es?

—Prepara a Simon para que se quede con Nathan y vuelve a casa, que es donde deberías estar.

«Donde debería estar», pensó.

Durante años, la casita de Crystal Bay había sido un refugio para ella, el único sitio del mundo que sentía como propio. Pero, en aquel momento, pensar en volver a su antigua vida, su trabajo y sus amigos le parecía vacío.

Miró a Nathan, que estaba tumbado en una manta extendida en el césped del patio trasero de la casa de Simon. No sabía si sería capaz de volver a su hogar. La casa estaría llena de recuerdos del niño, que la había iluminado durante tan poco tiempo. Oiría su llanto por las noches, encontraría sus juguetes debajo de la cama y siempre se preguntaría cómo estaba y qué hacía.

Y se preguntaría lo mismo sobre Simon.

El muy canalla.

¿Cómo se había atrevido a intentar que a ella le

importara para después convertirse simplemente en… un hombre? ¿Cómo, después de todo lo que habían experimentado juntos, podía darle la espalda? ¿Cómo era capaz de hacer desaparecer sus emociones con la misma facilidad que si apagara una bombilla?

O tal vez le estuviera atribuyendo cosas de las que carecía; quizá no tuviera emociones y ese traje que tan bien lo definía hubiera atrofiado todo sentimiento humano. ¿No había ella adoptado una actitud precavida el primer día por lo mucho que se parecía a su padre, porque estaba demasiado inmerso en el mundo de las finanzas para que se interesara por él?

Tendría que haberse hecho caso a sí misma.

Entonces recordó cómo había mirado a Nathan al saber que era su hijo. Su expresión había sido inconfundible: era capaz de amar, pero no le interesaba.

Al menos no estaba interesado en amarla a ella.

–¡Yuju!

–¿Eh? ¿Qué? Perdona, no te estaba escuchando.

–Ya me he dado cuenta –dijo Anna con ironía–. Aún no estás preparada para volver a casa, ¿verdad?

–No puedo. El niño y…

–No. Lo que quiero decir es que todavía no estás preparada para separarte de Simon –dijo Anna en tono suave y compasivo.

–No, supongo que no. Soy una idiota, ¿verdad? –sin esperar a que su amiga respondiera, lo hizo ella misma–. Claro que sí. ¿Cómo se me ha ocurrido sentir algo por un hombre que se parece tanto a mi padre? ¿Cómo no me detuve a tiempo?

–Porque a veces uno no puede detenerse –Anna rió–. ¡Mírame a mí! Acepté hacer el mural que Sam me ofreció porque necesitaba el dinero e incluso le dije a la cara que no lo soportaba. Y ya ves cómo estoy: casada y embarazada. A veces no puedes cambiar lo que el corazón desea.

–Pues no es justo.

–Casi nada lo es. Bueno, volviendo a la razón por la que te he llamado, ¿sigues queriendo que vaya a verte este fin de semana y que pinte el mural en la habitación de Nathan?

Tula reflexionó unos instantes. Lo más probable era que a Simon no le hiciera ninguna gracia, debido a su gusto clásico en cuanto a decoración. Después miró al niño y supo que, si no podía estar con él, al menos le dejaría un recuerdo físico de su presencia que Simon y él vieran cada día.

–Sí, quiero que vengas. La habitación de Nathan necesita un poco de alegría.

–¡Estupendo! Ya se me han ocurrido algunas ideas.

–Confió en ti –dijo Tula–. Tengo que pedirte algo.

–Dime.

–Que pintes el Conejito Solitario en algún sitio –acarició la mejilla de Nathan–. Así será como si yo siguiera aquí, cuidando del niño, aunque me haya ido.

–¡Ay, Tula!

Se rebeló contra el tono compasivo de su amiga. No quería dar lástima. En realidad, no sabía lo que quería, salvo a Simon, que estaba fuera de su alcance.

Habría sido más sencillo seducir a Tula si no se hubieran acostado todavía para después pelearse y enfadarse.

Pero Simon estaba decidido.

No hizo caso de las advertencias de Mick. Al fin y al cabo, Mick estaba casado. Katie y él llevaban juntos desde que estudiaban en la universidad. Se compenetraban tan bien que parecía que fueran siameses. Por eso, ¿cómo iba su amigo a entender la negativa obstinada a retroceder una vez adoptada una postura? ¿Cómo iba a saber algo del deseo sexual que se producía durante una discusión?

¿Cómo iba entender la enemistad que sentía por los Hawthorne?

Simon sabía lo que hacía, como siempre. Y que Mick no estuviera de acuerdo no iba a detenerlo.

Con su plan mataría dos pájaros de un tiro, ya que no sólo gozaría de Tula, algo en lo que no podía dejar de pensar, sino que se vengaría de su padre, algo con lo que llevaba tres años soñando.

Pero no había que adelantar acontecimientos. Antes de poner en práctica el plan, tenía que organizar las cosas para cuando tuviera la custodia de Nathan. Como Tula ya no estaría para cuidarlo mientras él trabajaba, necesitaba buscar a alguien responsable para hacerlo.

Se negó a pensar que, cuando llegara ese día, Tula ya no formaría parte de su vida.

Capítulo Nueve

Una hora después, Simon estaba en casa. Había vuelto temprano otra vez, pero se negaba a reconocer que, desde que Tula vivía allí, cada vez tenía menos motivos para quedarse trabajando. Era como si la casa y la mujer que había en ella lo atrajeran.

Encontró a Tula en el patio mirando a Nathan, tumbado en una manta al sol invernal. Ella se volvió a mirarlo y Simon observó que se quedaba paralizada. Lamentó que fuera por su culpa, porque estaba habituado a su sonrisa y a su facilidad para reírse. Verla tan fría y precavida le dio que pensar mucho más que las advertencias directas de Mick.

Pero recordó de qué familia provenía y que nunca se había molestado en decírselo. Además, tenía un plan y, cuando decidía hacer algo, no se desviaba de su camino, ya que eso indicaría que dudaba de sí mismo, cosa que nunca hacía.

Se metió las manos en los bolsillos del pantalón y bajó los escalones que conducían al patio. Lo hizo con lentitud deliberada para dar a entender a Tula que, aunque ella estuviera enfadada, él se encontraba perfectamente.

«Mentiroso».

Una voz interior le gritó esa única palabra y Simon reconoció que era verdad.

–¿No hace un poco de frío para que esté aquí? –preguntó indicando a Nathan con la cabeza.

–El aire fresco le viene bien –contestó ella con frialdad–. Llegas pronto.

Él sonrió, contento de que se hubiera dado cuenta.

–Sí, quería hablar contigo.

–Estoy impaciente –dijo ella con sarcasmo– después de lo bien que fue nuestra última conversación.

«Muy bien», pensó él. Seguía molesta. Lo que había pasado le había afectado tanto como a él.

Se sentó a su lado en la manta y ocultó una sonrisa cuando ella se separó un poco de forma automática, como si no se fiara de sí misma al estar cerca de él. Simon sabía perfectamente cómo se sentía.

En aquel momento, lo único que quería era agarrarla y abrazarla y…

–¿Qué te queda por decir que no dijeras anoche? –preguntó ella.

–Muchas cosas –alzó la rodilla y apoyó el brazo en ella.

–A ver si lo adivino –dijo con los ojos llenos de furia–. ¿Has descubierto que tengo la culpa del calentamiento global? ¿O que soy una espía a la que han mandado para sonsacarte tus secretos y contárselos a tus enemigos?

Él la miró. ¿Trataba de decirle por qué estaba realmente allí?

–¿Es esto una confesión?

–Por Dios, Simon, ¡sabes muy bien que no! Lo único que intento es adivinar cómo me vas a insultar.

–En realidad, no quiero hablar sobre ti. Ya que nos

hemos comprometido a que me prepares para tener la custodia de Nathan, tenemos que buscar una niñera competente.

–¿Una niñera? –le preguntó ella en el mismo tono que si le hubiera dicho que tenían que buscar una asesina.

El asintió, complacido por su forma de reaccionar. Aunque no supiera los motivos de que ella estuviera allí, con él, estaba seguro de que quería a Nathan.

–Cuando te vayas, necesitaré que alguien se quede con el niño. Creo que una niñera que viviera aquí sería la mejor solución, ¿no te parece?

–No lo sé. No he pensado en ello.

En realidad, a Simon no le hacía gracia meter en casa a una desconocida para cuidar a su hijo. Pero no veía otra solución. Con independencia del resultado de su plan, Tula no se quedaría allí.

No le gustaba la idea, pero se negó a analizar por qué.

–No puedo llevarlo conmigo al trabajo.

–Supongo que no.

–¿Algún problema?

Ella le dirigió una mirada glacial.

–No, ninguno.

–Muy bien. Entonces llamaré a una agencia de empleo para que me envíen candidatas. ¿Quieres entrevistarlas tú o prefieres que lo haga yo?

Tuvo que reconocer que Tula parecía estar en un dilema, y él se sentía igual. Lo gracioso del caso era que esa conversación sobre contratar a un niñera no tenía nada que ver con su plan. Le había parecido un modo razonable de volver a comunicarse con Tula.

Además, teóricamente, que alguien cuidara de Nathan le parecía correcto.

Sin embargo, en la práctica, al mirar a su hijo, inocente y a merced de quien su padre contratara,

Creyó que era un error. Recordó historias en los medios de comunicación sobre niñeras que parecían cuidadoras entregadas, pero que habían hecho sufrir a los niños a su cargo por su negligencia y apatía.

Se dijo que su situación sería distinta porque sometería a una investigación de antecedentes a la niñera que contratara. No iba a confiar a su hijo a cualquiera.

Frunció el ceño al darse cuenta de que la única persona en quien de verdad confiaba para dejarle a su hijo era Tula, de la que ya sabía que mentía. No le había dicho quién era, así que ¿por qué iba a fiarse de ella?

Pero lo hacía, instintivamente.

Aunque supiera que se marcharía pronto.

Y aunque planeara utilizarla para llevar a cabo su venganza.

Tula dio las gracias a la mujer y la acompañó a la puerta. Cuando la cerró, apoyó la espalda en ella y suspiró derrotada.

Era la tercera candidata a niñera a la que había entrevistado en los dos últimos días y ninguna de las tres le había gustado

–¿Qué le pasa a ésa?

Tula alzó la vista, sobresaltada, y vio a Simon al principio de la escalera.

–¿Qué haces aquí?

Tenía la desconcertante costumbre de aparecer de repente. Y su nuevo hábito de romper la rutina que tenía cuando ella llegó a la ciudad la desconcertaba aún más. Pensaba que tramaba algo, pero no sabía el qué, por lo que estaba alerta.

Simon colgó la chaqueta en el poste de la barandilla y se aflojó la corbata.

–Vivo aquí, como ya te he dicho otras veces.

–Sí, pero es muy temprano y es un día laborable. ¿Estás enfermo?

–No, simplemente he salido pronto del despacho. ¿Qué tenía de malo la mujer que se acaba de ir?

–¿Has visto el moño que llevaba?

–¿El moño?

Ella observó su confusión y se lo explicó.

–El pelo. Lo llevaba recogido muy tirante en un moño.

–¿Y qué? ¿Es que un peinado poco atractivo sirve para reconocer a una mala niñera?

Al decirlo él, parecía una estupidez, pero Tula se guiaba por su instinto. No podía correr riesgos con la seguridad y la felicidad de Nathan. Encontraría una buena niñera para él o no se marcharía.

A no ser que eso fuera lo que deseaba inconscientemente: poder quedarse y ser la única que lo criara y lo quisiera.

–Esa mujer llevaba el pelo demasiado tirante. Alguien tan rígido no debería hacerse cargo de un niño.

–Ah –dijo él como si la entendiera, auque ella sabía que no era así y que la estaba tratando con condescendencia.

–¿Y la de ayer con el pelo largo y suelto?

–Era muy descuidada. Si le da igual cómo lleva el pelo, no se preocupará lo suficiente de Nathan.

–¿Y la primera?

–Tenía ojos de mala persona –sabía que era de esas mujeres que encierran a los niños en armarios o los mandan a la cama sin cenar. Nunca dejaría a Nathan con una mujer de mirada fría.

Simon enarcó una ceja y ella se dio cuenta de que se estaba divirtiendo a su costa.

Aunque tal vez tuviera razón. Ella sabía que no había sido justa con las mujeres que se habían presentado en busca del puesto. Salvo la primera, las otras dos parecían agradables y reunían los requisitos necesarios. La agencia a la que había recurrido Simon era la mejor de la ciudad.

Pero ¿cómo iba a entregar a su amado niño a una desconocida?

Él seguía mirándola con una expresión levemente divertida, que a Tula le resultaba muy atractiva.

–Muy bien –reconoció ella de mala gana–, puede que me esté pasando en el proceso de selección.

–¿Cómo que puede?

Ella no respondió porque, aunque estuviera sobreprotegiendo a Nathan, no le iba a causar ningún daño, sino a asegurarle que se ocuparía de él la mejor persona que ella encontrara. Y, como padre del niño, Simon debería agradecérselo.

–Esto es importante, Simon. Nadie sabe mejor que yo hasta qué punto influyen las personas de su entorno en el carácter de un niño y en su forma de ver el mundo y de verse a sí mismos.

Se interrumpió al darse cuenta de que estaba yendo en una dirección que no quería tomar.

–Hablas por experiencia –murmuró él.

Tula se percató de que él recordaba lo que le había contado del conejo y de la actitud poco maternal de su madre.

–¿Tan sorprendente te resulta? ¿No tenemos todos discrepancias con los padres? Incluso los mejores cometen errores, ¿no?

–Es cierto –reconoció él sin dejar de mirarla a los ojos–. ¿Quién influyó en ti de ese modo? ¿Sólo tu madre?

–No se trata de mí – respondió Tula negándose a hablar de un tema que ella misma había planteado sin darse cuenta.

–¿Ah, no? –se aproximó a ella.

–No –insistió Tula. Se estremeció al sentir la intensidad de su mirada. No necesitaba que la compadecieran y no estaba dispuesta a hablar de su desgraciada infancia con un hombre que le había dejado muy claro lo que sentía por ella–. Se trata de Nathan y de lo mejor para él.

Él siguió acercándose hasta estar tan cerca que ella tuvo que contener la respiración para no aspirar su olor, que le hacía recordar cuando había estado tumbada debajo de él y se miraban a los ojos apasionadamente.

–Acabas de decir que a todos nos influyen quienes nos crían. Y quienes te criaron influirán en ti a la hora de elegir a una persona para cuidar a Nathan.

Simon acababa de tocar un tema que a ella le provocaba dudas desde hacía años. Se había preguntado por la forma en que la habían educado, sobre sus padres y sobre si debería tener un hijo. Ansiaba tener una familia y el amor y el afecto con los que siempre había soñado. Y estaba segura de que sería una buena madre porque sabía lo que quería un niño.

Así que estaba preparada para hablar con Simon de ello.

–No, Simon, te equivocas. La estimulación inicial que recibe un niño es importante, en eso estoy de acuerdo. Y cuando somos niños nos empuja en una dirección o en otra distinta. Pero, llegado un cierto punto, los adultos tomamos decisiones, decidimos quiénes somos y lo que queremos ser.

–No estoy tan seguro –replicó él con el ceño fruncido–. Me parece que somos siempre como al principio.

Como ella se sentía incómoda tan cerca de él sin poder tocarlo, se dirigió al salón. Si Nathan estuviera despierto podría decirle que no tenía tiempo para hablar. Pero el niño dormía la siesta.

Simon la siguió y ella se detuvo frente a una ventana.

–Entonces, ¿me estás diciendo que tus padres no tienen nada que ver con cómo eres en la actualidad?

Tula rió para sí ante lo gracioso de la pregunta. Por supuesto que sus padres la habían conformado. Su madre era una mujer encantadora que no hubiera querido ser madre. Katherine se encontraba más a gusto tomando champán en reuniones sociales que en la asociación de padres de la escuela. Le impacientaban la torpeza y el ruido y prefería un ambiente más formal en el que no hubiera niños.

Su forma de vida había cambiado al tener una hija, aunque ésta había incrementado significativamente su pensión cuando se divorció de Jacob.

Pero la mañana en que su hija cumplió los dieciocho, Katherine se marchó de Crystal Bay.

Tula seguía recordando la última conversación que mantuvieron.

Había mucha gente en el aeropuerto. Los amantes se despedían besándose apesadumbrados y las familias prometían escribirse.

–Todo irá bien, Tula –le había dicho su madre mientras se dirigía a la puerta de embarque–. Ya eres mayor. He hecho mi trabajo y ya puedes cuidar de ti misma.

Tula quería pedirle que se quedara, decirle que no se sentía preparada para estar sola, que estaba un poco asustada por la universidad y el futuro. Pero sabía que no serviría de nada. Una parte de su madre ya se había ido. Su mente ya estaba en Italia.

Había alquilado un chalet en las afueras de Florencia para el verano y después se marcharía, pero Tula no sabía adónde. Lo único de lo que estaba totalmente segura era de que su madre no volvería.

–Tengo que embarcar, así que dame un beso.

Tula se lo dio y tuvo que contenerse para no abrazarla. Era cierto que su madre no tenía instinto maternal, pero siempre había estado ahí. Todos los días. En la casa que ahora estaría vacía y en cuyo agobiante silencio resonarían sus pensamientos.

Su padre estaba en la ciudad y Tula no lo vería pronto, por lo que estaba verdaderamente sola por primera vez en su vida. Y aunque reconocía que la excitaba hasta cierto punto, el miedo que le producía la situación era suficiente como para anular todo lo demás.

Menos mal que le quedaban Anna Cameron y su familia, que la ayudarían si lo necesitaba. Siempre habían estado a su lado. Saberlo le hizo un poco más fácil despedirse de su madre, aunque no menos triste.

Solía soñar con una relación más estrecha entre su madre y ella y con el sentimiento de unión familiar que Anna poseía. Aunque su madre había muerto cuando era una niña, su padre y su madrastra la querían y apoyaban. Pero los deseos no cambiaban las cosas, así que dedicó a su madre una sonrisa radiante.

–Disfruta de Italia, mamá. Yo estaré bien.

–Lo sé, Tula. Eres una buena chica.

Y se marchó sin molestarse en mirar atrás para comprobar si su hija seguía allí.

Y claro que seguía.

Se quedó hasta que el avión se alejó de la puerta de embarque, se dirigió a la pista y despegó. Y siguió allí hasta que se convirtió en un punto brillante en el cielo.

Después se fue a casa y se prometió que un día formaría una familia y tendría lo que siempre había deseado.

Simon la observaba esperando a que le respondiera. Ella se frotó los brazos y dijo:

–Por supuesto que han influido en mí, pero no como crees. No quería ser como ellos ni deseaba lo que ellos querían. Tomé la decisión consciente de ser yo misma. Yo, no una rama del árbol genealógico.

La expresión de Simon denotaba sorpresa y ella se preguntó por qué.

–¿Y lo has logrado?

–Hasta ahora, sí.

Él se acercó más y ella dio un paso atrás. Se sentía vulnerable y no quería estar cerca de Simon. Siguió retrocediendo hasta tocar con las piernas el poyete de la ventana. Se sentó en él de forma brusca.

El se rió y le preguntó:

–¿Te pongo nerviosa, Tula?

–Claro que no –respondió ella mientras su mente le gritaba lo contrario. De repente, todo en él la ponía nerviosa y no sabía qué hacer. Desde que lo había conocido, la había irritado e intrigado. Pero aquella ansiedad era una sensación desconocida.

Tula sabía que todos la consideraban rara, una artista loca. Pero no lo era. Siempre había sabido lo que quería. Vivía como deseaba y no tenía que disculparse por ello. Siempre había sabido con quienes quería estar y lo que esas personas significaban para ella.

Al menos hasta haber conocido a Simon. Pero él era distinto, pues pasaba de insultarla a seducirla. La enfurecía y al minuto siguiente hacía que lo deseara. Para un hombre que apreciaba tanto la rutina, se estaba volviendo totalmente impredecible.

No podía definirlo ni adivinar lo que iba a hacer o a decir. Al principio lo había considerado un hombre de negocios, pero era algo más. Sin embargo, no estaba segura de lo que eso significaba para ella, lo cual la ponía nerviosa, aunque le costara reconocerlo.

–Ya sabes mi historia, así que dime si empezar a llevar traje a los dos años te ha afectado.

Él esbozó una leve sonrisa y se sentó a su lado. Volvió la cabeza para mirar la tarde invernal.

Se estaba formando una tormenta en el horizonte. Tula se dio cuenta al mirar ella también. Nubes espesas formaban una masa negra que anunciaba lluvia. Se estaba levantando aire y las ramas desnudas de los árboles del parque se movían frenéticamente de un lado a otro. Las madres se llevaban a sus hijos del parque y pronto estaría tan vacío como se sentía ella.

Cuando Simon habló, lo hizo en voz tan baja que Tula casi no oyó lo que decía.

–Crees que me conoces perfectamente, ¿verdad?

Ella lo examinó y trató de descifrar la expresión de sus ojos. Pero eran inescrutables.

–Eso creía –reconoció ella, y su confusión debió de resultar palpable en el tono de su voz–. Cuando te conocí, me recordaste a alguien –se imaginó a su padre mirando furiosamente a un desventurado empleado–. Pero a medida que te fui tratando me di cuenta de que no te conocía en absoluto, lo cual no tenía sentido –concluyó riéndose.

–Sí que lo tenía –dijo Simon mirándola fijamente a los ojos.

El mundo exterior desapareció con la intensidad de su mirada y Tula se sintió como si lo único que importara en aquel momento fuera ella.

–Simon…

–Nadie es lo que aparenta –murmuró él–. Es algo de lo que me acabo de dar cuenta.

Capítulo Diez

La miraba como si nunca la hubiera visto, como si tratara de adivinar los secretos de su corazón.

–No sé a qué te refieres –dijo Tula.

–Puede que yo tampoco –Simon tomó aire, lo expulsó y tras un momento de reflexión cambio de tema repentinamente–. ¿Sabías que me crié aquí, en esta casa? La construyó mi abuelo.

–Es preciosa –dijo ella mirando la habitación–. Es acogedora.

–Sí –no había dejado de mirarla–. Y ahora más que nunca.

Tula se preguntó por qué le decía eso, por qué era amable. ¿Acaso no estaban enfrentados? ¿No se interponía entre ellos la discusión que habían tenido? Unos minutos antes la había mirado con frío desapego, pero de pronto parecía distinto y ella no entendía por qué.

–Hace varios años, mi padre estuvo a punto de perder la casa –dijo él aparentando una despreocupación que no casaba con la repentina rigidez de los hombros ni con la tensión de la mandíbula–. Hizo malas inversiones y confió en la gente equivocada. Mi padre no tenía instinto para los negocios.

–Lo entiendo –murmuró ella mientras recordaba que su padre hacía que se sintiera inútil e ignorante por no preocuparse de aprender las complejidades del negocio.

Simon siguió hablando como si ella no lo hubiera interrumpido.

–Era muy desorganizado –negó con la cabeza mientras volvía a mirar las nubes y las primera gotas de lluvia que chocaban contra el cristal. Pero Tula sabía que no estaba mirando al exterior sino a su propio pasado. Igual que ella unos minutos antes.

–Mi padre hizo un trato con un hombre tal falto de escrúpulos que estuvo a punto de arrebatarnos la casa. Ese hombre lo engañó e hizo cuanto estuvo en su mano para arruinarlo a él y a toda la familia. Y mi padre ni se dio cuenta. Fue cuestión de suerte que pudiéramos conservar la casa y parte del negocio.

Tula captó una ira antigua en su voz y se preguntó quién sería aquel hombre. Fuera quien fuese, Simon seguía furioso con él y ella deseó poderle decir algo para calmarlo porque sabía que la furia no hacía daño a aquél contra quien iba dirigida, sino a quien la experimentaba.

–Me alegro de que fuera así –se limitó a decir–. No quiero ni pensar lo duro que tuvo que ser para tu padre. Y para ti.

Él la miró como si estuviera juzgando sus palabras, como si tratara de decidir si decía la verdad. Acabó aceptando que así era con un gesto de asentimiento.

–Creo que en cierto modo no fue culpa de mi padre. Se dedicó al negocio familiar porque lo quiso mi abuelo. Mi padre odiaba su vida, sabía que no servía para los negocios, y eso tuvo que ser duro, vivir sintiéndose un fracasado todos los días de su vida.

–Sé lo que es eso.

–¿En serio?

Ella sonrió. Estaba disfrutando de aquellos momentos de tranquilidad con él, de la charla y de compartir viejos dolores y secretos. Nunca había hablado de su padre con nadie salvo con Anna, pero le pareció adecuado en aquellos momentos decirle a Simon que no era el único que se sentía así con respecto al pasado.

–Mi padre también tenía planes para mí –dijo con tristeza– que no tenían nada que ver con lo que yo quería.

–Lo que pasó con mi padre me sirvió de lección.

–¿Y qué aprendistc?

–A prestar atención; a establecer normas y a seguirlas; y a que nadie se aprovechara de mí. En mi vida no hay sitio para el caos, Tula.

No había que leer entre líneas. Le estaba diciendo que no había sitio en su vida para ella, aunque ya lo sabía, desde luego. Pero, al oírselo decir, se le hizo un nudo en el estómago.

–He visto lo que sucede cuando un hombre se descentra –añadió Simon–. Mi padre no podía concentrarse en el trabajo, así que no le prestaba atención. Yo nunca me descentro. Supongo que he hecho lo mismo que tú. Tomar mis propias decisiones a pesar de lo que enseñó mi padre.

Y esas decisiones los separaban. No podía haberse expresado con mayor claridad. Entonces, se preguntó ella, ¿por qué la miraba como si lo único que deseara fuera agarrarla y llevársela en brazos a la cama? Aunque hablaba con frialdad, el deseo se adivinaba en sus ojos.

Simon era la contradicción personificada y ella hubiera deseado que no le resultara tan atractivo.

Hizo un gesto negativo con la cabeza como si quisiera apartar ese pensamiento y le preguntó:

—¿Y tu madre? ¿No influyó en ti?

—No —replicó él con brusquedad—. Murió en un accidente de coche cuando tenía cuatro años. No la recuerdo.

—Lo siento.

—Gracias.

La volvió a mirar, esa vez con ojos emocionados. A Tula le hubiera gustado ser capaz de descifrar su mirada. Simon la conmovía de un modo que nunca había experimentado. A pesar de que sabía que no resultaría nada de la atracción que había entre ambos, deseaba que las cosas fueran distintas.

Deseaba que, por una vez en la vida, alguien la viera tal como era y la deseara.

—Háblame de tu padre. ¿Cómo es?

—Como tú —le espetó ella sin pensarlo.

—Perdona, ¿cómo dices?

Tula pensó que era extraño que se sintiera insultado sin saber quién era su padre.

—Me refiero a que también es un hombre de negocios. Prácticamente vive en el despacho y, para él, todo en la vida se reduce a beneficios y pérdidas. Es un adicto al trabajo y le gusta serlo.

—¿Y así es como me ves?

—Pues sí —contenta de no tener que hablar de su familia, prosiguió—: Te pareces mucho a él. Vas a trabajar temprano, vuelves tarde a casa…

—Hoy he vuelto pronto. Y estos últimos días también.

–Es verdad y no sé cómo tomármelo.

–¿Te intriga?

–Me confunde.

–Todavía mejor.

–No –dijo ella–. No es así, Simon. No necesito más confusión en mi vida y ya me has dado a entender claramente lo que piensas de mí.

–¿Durante la discusión que tuvimos?

–Sí.

–No quería decir lo que dije –le aseguró él al tiempo que se inclinaba hacia delante.

–Entonces sí pensabas lo que decías –le recordó ella.

–Si no recuerdo mal, tú también dijiste muchas cosas.

–Es verdad, sí. Me pusiste furiosa.

–Me lo demostraste claramente.

–Muy bien. Los dos recordamos la discusión.

–Eso no es lo único que recordamos –dijo él con voz ronca. Le agarró la mano antes de que ella pudiera retirarla y le acarició la palma con el pulgar.

Tula se estremeció. Pensó con desesperación que no era culpa suya, que no había decidido sentirse atraída por él. Era cuestión de pura química, un imperativo biológico. Simon la tocaba y ella se sentía arder.

Pero sí podía decidir apartarse de las llamas.

–Simon…

–Tula, estuvimos bien juntos.

–En la cama desde luego, pero…

–Centrémonos en la cama de momento, ¿eh?

Ella tuvo que reconocer que era una buena idea. El leve roce del pulgar en su mano estaba activando todas las terminaciones nerviosas de su cuerpo. Tomó aire y lo expulsó suspirando.

«¡Ay, Tula!», pensó, «vas a hacerlo, ¿verdad?».

Mientras ese suspiro de decepción consigo misma se extinguía, ya estaba inclinándose hacia Simon.

Era inevitable.

Lo miró a los ojos mientas sus labios se apoyaban en los de ella. Gimió ante el suave contacto. Y se dio cuenta de cuánto lo había echado de menos a él, todo aquello. No importaba que se estuvieran enfrentando continuamente. Por el momento tenía que concentrarse en lo que sentía cuando estaba con él, cuando se rendía al hechizo de sus caricias y sus besos.

Tendría, sin duda, mucho tiempo para lamentarse en las semanas y los meses posteriores. Pero, en aquel momento, sólo estaba él.

Como si se hubiera abierto una compuerta en su interior, la recorrió un torrente de emociones. Se inclinó más hacia él para que la besara con mayor profundidad.

Él la abrazó con fuerza contra su pecho y se deslizaron hasta el suelo. Él cayó sobre el parqué protegiéndola con su cuerpo.

Ella alzó la cabeza, lo miró a los ojos y sonrió.

–¿Estás bien?

Él hizo una mueca y después le sonrió.

–Muy bien. Y voy a estar mejor.

–Eso ya lo veremos.

Los ojos de Simon brillaron risueños y el corazón de ella comenzó a latir a toda velocidad. Él le acarició la espalda y se detuvo en sus nalgas para pellizcárselas brevemente.

–Me estás desafiando –dijo él mientras alzaba la cabeza del suelo para volverla a besar con más fuerza. Su lengua atravesó las defensas de ella y se enredó en la suya en una danza sensual que a Tula la dejó sin aliento.

Ella tomó la cara de Simon entre sus manos y sintió su barba. Se estremeció cuando él la rodeó con sus brazos y la atrajo hacia sí con tanta fuerza que ella sintió los latidos de su corazón.

Él rodó sobre sí mismo con ella en los brazos hasta que Tula estuvo tumbada de espaldas con él encima. Ella lanzó un suspiro de satisfacción al sentir su peso. No le importó la dureza del suelo porque él ya se estaba encargando de que no sintiera nada más que placer.

Simon apartó la boca de la de ella, acercó la cabeza a su cuello y le mordisqueó la garganta. Tula tuvo que esforzarse en respirar y comenzó a acariciarle la espalda. Sus fuertes músculos se tensaban y relajaban bajo sus dedos y ella sonrió al darse cuenta de cómo le afectaban sus caricias.

Mientras miraba las vigas del techo, su excitación aumentó mientras la acariciaba con delicadeza y determinación. Sus dedos iban dejándole regueros de fuego en la piel. Se sentía arder y lo único que era capaz de pensar era que deseaba más llamas.

La boca de él se deslizó por su piel, su garganta, su mandíbula y volvió a su boca para besarla hasta dejarla sin aliento e impedirla pensar. Lo único que le quedaba era sentir.

Entonces, la pasión se desencadenó en los dos al mismo tiempo. Sus manos se movieron con rapidez desabotonando botones y bajando cremalleras, y en cuestión de segundos estuvieron desnudos, con los cuerpos fuertemente enlazados en el suelo del salón.

La lluvia ponía un contrapunto a los gritos ahogados y gemidos que sonaban en la habitación débilmente iluminada. De fuera les llegaba el latido apagado del mundo: el ruido de los coches al pasar, cuyos neumáticos sobre la calzada mojada crepitaban como la carne en una parrilla; y el viento que golpeaba los cristales y gemía entre las ramas de los árboles. Y del intercomunicador, situado cerca de donde estaban, les llegaba la respiración regular de Nathan, que dormía en el piso superior.

Pero ninguno de aquellos sonidos podía interferir en el momento que vivían. El mundo seguía su curso en torno a ellos. Pero en aquella habitación, el tiempo se había detenido. Tula pensó que sólo estaban ellos dos, Simon y ella, y que, en aquellos maravillosos instantes, iba a olvidarse de todo lo demás. No trataría de adivinar el futuro ni de esconderse del pasado y se limitaría a disfrutar del presente.

Se perdería en unos ojos castaños que veían mucho y dejaban adivinar muy poco.

—Estás pensando —la acusó él medio sonriendo.

—Perdona —dijo ella mientras le acariciaba la barbilla—. No sé qué me ha pasado.

—Veamos qué puedo hacer para desconectar ese cerebro que siempre está trabajando.

—¿Crees que serás capaz? —le preguntó ella en tono burlón.

—Muy capaz —le aseguró él.

Tula se rió y suspiró de felicidad. Tener un amante que podía hacer que se riera en los momentos más sorprendentes era un regalo. Y tal vez Simon tuviera más capas de las que había supuesto. Quizá…

Él intentó que dejara de pensar y lo consiguió por

completo. Tula gimió al sentir su boca en los senos. Él chupó y mordisqueó mientras ella se retorcía debajo de él y trataba de obtener más de lo que le daba. Deseaba sentir todo lo que pudiera de lo que él le ofrecía. Deseaba, sólo deseaba.

Lanzó un grito ahogado mientras arqueaba el cuerpo y agarraba la cabeza de él y la apretaba contra sus senos. Sus dedos se introdujeron en su pelo espeso y suave. Le encantaba la sensación que le producía la boca masculina en su piel y pensó que se podría pasarse el resto de la vida así.

Él sonrió con la boca apoyada en uno de sus pechos. Ella sintió la curva de la boca y supo que él se daba cuenta de lo que sentía. De todas maneras, no estaba dispuesta a ocultárselo. ¿Por qué no iba a saber el efecto que le provocaba en el cuerpo y en el alma uno de sus besos o de sus caricias?

Sentía la frialdad del suelo en la espalda, pero el calor que la consumía por dentro lo compensaba con creces. Él se situó entre sus piernas y ella sintió el extremo de su virilidad palpándole el centro de su cuerpo. Ella quería sentirlo en su interior, sentir cómo se deslizaba dentro de ella.

Alzó las caderas para recibirlo, pero él no respondió a su invitación, sino que rodó sobre sí mismo con ella hasta situarla encima de él a horcajadas y mirándola a los ojos.

–El suelo no es cómodo –dijo él mientras tomaba sus senos en las manos–. Me ha parecido que podíamos cambiar de postura un rato.

–Cambiar es bueno –afirmó ella sin dejar de mirarlo. Le acarició el pecho.

Ante sus caricias, él contuvo la respiración. La miró y se dio cuenta de que no pensaba con claridad. Llevaba días planeando aquella forma de seducirla y, cuando lo estaba consiguiendo, sus planes no significaban nada. Lo único que le importaba era ella, su piel, su sabor, sus suaves suspiros cuando la acariciaba.

La tenue luz creaba sombras en su pelo rubio y brillaba en los aros de plata que llevaba en las orejas. Sus grandes ojos azules lo miraban y reclamaban con la misma pasión que él sentía.

Le acarició los senos con suavidad y masajeó los pezones endurecidos con el índice y el pulgar. Le encantó observar en su rostro las sensaciones que ella experimentaba, ya que no se las estaba ocultando.

La ardorosa respuesta de Tula a sus caricias alimentó el fuego de su interior, incitándolo a pedir más y a dar más. Ella balanceaba las caderas de forma instintiva y él sentía la tensión y dureza de su propio cuerpo.

Le puso las manos en las caderas y la levantó lo suficiente como para colocarse de forma que pudiera deslizarse en su interior. Ella cerró los ojos, echó la cabeza hacia atrás y, tomando el control de la situación, lo introdujo dentro de sí lentamente, centímetro a centímetro, de forma seductora y exasperante a la vez. Él trató de que se diera prisa, de penetrarla con fuerza, pero ella controlaba la situación, le gustara o no.

−Vas a tener que seguir tumbado y dejarme hacer −dijo ella con una sonrisa maliciosa en los labios.

Simon bizqueó cuando ella se sentó sobre él, con el cuerpo masculino dentro de sí.

Ella movió ligeramente las caderas, pero ese leve movimiento tuvo para él la fuerza de un terremoto.

Sintió que el mundo temblaba, o al menos el lugar en que él se hallaba. Y quiso más.

Se dijo que no le importaba por qué la había seducido. Lo único importante era lo que creaban juntos, el deseo imposible, la fricción increíble de dos cuerpos moviéndose al unísono para alcanzar un clímax que él sabía que sería mayor y más intenso que ningún otro de los que había experimentado.

Le daba igual quién fuera Tula. No quería recordar que, en efecto, le había tendido una trampa para utilizarla como arma contra su padre. Sólo pensaba en la facilidad con que sus cuerpos se habían unido, como si fueran piezas del mismo rompecabezas.

Ella volvió a moverse balanceando las caderas, tomándolo y soltándolo con ritmo lento que fue aumentando hasta alcanzar una velocidad que lo dejó sin respiración e incapaz de pensar.

Tula arqueó la espalda y sus senos se levantaron. Tenía las manos en el pecho de él y se apoyaba mientras cabalgaba con una pasión frenética y sincera que conmovió a Simon. Con las manos en las caderas de ella, la miró a los ojos mientras se movía y quedó atrapado por la luz que brillaba en ellos.

Se sintió arrastrado por la pasión y la emoción y sólo por un momento, por un momento asombroso, se olvidó de todo salvo de Tula. Ella gritó su nombre mientras alcanzaba el clímax y él se le unió un instante después.

A ciegas, Simon la atrajo hacia su pecho y la abrazó con fuerza para olvidar, durante unos segundos, que la había engañado para llevarla hasta allí y fingir que lo que acababan de compartir era real.

Capítulo Once

Aquello no había cambiado nada.

Y lo había cambiado todo.

Dos días después, Tula seguía intentando entender el cambio en su relación con Simon, si es que se podía llamar así a lo que había entre ellos. Lo que los vinculaba era un niño y se acostaban juntos. ¿Constituía eso una relación?

Simon era amable, divertido y tan afectuoso y atento en la cama que ella apenas había dormido las dos noches anteriores, de lo cual, obviamente, no se quejaba. ¿Pero sentía algo por ella Simon? ¿Era únicamente deseo? ¿Era pura conveniencia, ya que ella estaba en su casa y seguiría allí hasta que decidiera darle la custodia de Nathan?

Se había entregado al hombre que amaba sin ninguna garantía de que él la correspondiera.

Sí, lo amaba. Y ya era tarde para cambiar.

¿Cómo había dejado que sucediera algo así? ¿No se había jurado no dar el último paso que la llevaría al amor? Pero ¿cómo podía haberlo evitado? Simon era mucho más de lo que había creído en un principio. Había observado destellos afectuosos que él trataba de ocultar. Lo había visto con su hijo y la había conmovido la dulzura con la que lo trataba. Se había reído con él, se había peleado con él y había hecho el amor con él.

No podía seguir ocultándose a sí misma la verdad: estaba enamorada de un hombre al que sólo le guiaba la lujuria.

—Esto no acabará bien.

—¡Así me gusta! ¡Viva el optimismo! –gritó Anna.

Tula miró a su amiga y negó con la cabeza.

—No entiendo cómo pretendes que sea optimista. No me quiere, Anna.

—Eso no lo sabes.

Tula soltó un bufido.

—No me lo ha dicho ni ha dado señales de reconocerlo. Creo que es un indicio fiable.

—Todo eso significa que es un hombre –afirmó Anna mientras miraba el mural que estaba pintando–. Ninguno quiere reconocer que está enamorado. Por alguna extraña razón, el cerebro masculino toma la dirección opuesta en cuanto oye la palabra «amor». Son de natural asustadizo.

Tula soltó una carcajada. Al niño, que tenía apoyado en la cadera, le gustó el sonido y gorjeó contento. Ella lo besó en la frente antes de responder a su amiga.

—¿Asustadizo Simon? –negó con la cabeza al imaginárselo. La idea de que algo lo pusiera nervioso era ridícula–. Es una fuerza de la Naturaleza, Anna. Pone las normas y espera que todos las sigan. Y lo hacen.

—Tú no.

—No, pero yo soy distinta.

—No espera que hagas lo que dice, ¿verdad?

—Ya no –le aseguró Tula–. Ha aprendido.

—Ajá –Anna pintaba y hablaba al mismo tiempo–. Así que se ha saltado sus propias reglas con respecto a ti.

Tula reflexionó unos segundos.

–Supongo, pero sólo porque me burlé de ellas y de sus estúpidos horarios.

–¿Y cómo reaccionó?

–Se sintió insultado –contestó Tula riéndose–. Pero comenzó a cambiar ambas cosas: volvía pronto a casa, se saltaba reuniones…

–¡Umm! –murmuró Anna.

–Eso no significa nada –protestó Tula mientras le daba vueltas en la cabeza.

–Lo único que significa es que un tipo que se guía por normas inamovibles las cambia por ti.

–Pero…

–Los hombres no hacen eso por alguien que no les importe, Tula. ¿Por qué iban a hacerlo?

–Te equivocas. A Simon no le importo más allá de tenerme en la cama y estar aquí cuidando de Nathan.

–No estoy tan segura.

–Yo sí –insistió Tula apartando a Simon de su pensamiento al mirar a Nathan. No iba a fingir que todo era maravilloso porque no era así. Y no se trataba únicamente de los sentimientos de Simon.

Cada día que pasaba se aproximaba su despedida de Nathan. Iba a perder al niño al que quería como si fuera suyo. Iba a perder al padre de Nathan y la ilusión de formar una familia que llevaba semanas alimentando. Iba a perder todo lo que le importaba, y saberlo la estaba destrozando.

–Tendré que marcharme pronto, Anna, y dejar a Nathan y a Simon. Y la mera idea me está matando.

Anna se sentó sobre los talones y la miró.

–¿Quién eres y qué has hecho con Tula?

–¿Qué quieres decir?

–Que eres la persona más optimista que conozco –replicó Anna volviendo al mural en el que llevaba trabajando desde el día antes–. Aunque no tengas motivos, siempre tratas de ver el lado bueno de las cosas. Caray, Tula, ¡ni siquiera tu padre consiguió hacerte cambiar de actitud! Si quieres algo, vas por ello, por mucho que los demás te digan que no se puede conseguir. Así que, ¿qué te pasa?

Tula se sentó y se puso a columpiar a Nathan en el círculo formado por sus piernas cruzadas. Después lo besó en la cabeza y dijo:

–Este crío lo ha cambiado todo, Anna. Ya no puedo seguir sola. Tengo que pensar en él.

–Ah, ¿entonces no se trata de Simon? ¿Te engañas y pretendes engañarme? Sólo te preocupa Nathan, ¿no? Y no languideces por su padre.

–No me gustan los sabelotodos –advirtió Tula.

–¡Vaya! He acertado –Anna sonrió. Movía el pincel con la habilidad con que un cirujano manejaba el bisturí–. Vamos, bonita, este episodio de autocompasión es por algo más que por Nathan o Simon. Se trata de que por fin has encontrado el sitio donde quieres estar y de que tienes que dejarlo.

Tula se avergonzó, porque Anna tenía toda la razón.

–Has hallado el hogar que llevas buscando desde que eras una niña –Anna la miró y sus ojos le transmitieron comprensión y compasión–. Quieres a Simon y a Nathan. Son la familia con la que siempre has soñado. Llevas a los dos en el corazón, los has hecho tuyos y ahora crees que tienes que destruir tu sueño.

Nathan comenzó a parlotear y a palmear las manos de Tula. La habitación olía a pintura a pesar de que las dos ventanas estaban abiertas. El mural estaba casi acabado. Cuando Anna comenzaba a pintar, desarrollaba una actividad frenética. Tula miró la representación realista de un bosque, con un prado lleno de flores que se perdía en la distancia. Y sonrió al Conejito Solitario, sentado bajo un árbol y sonriente a su vez.

Pensó en lo que su amiga le había dicho y reconoció que tenía razón. Quería a Simon y a Nathan y la familia que formaban los tres, aunque fuera de manera temporal. Y detestaba la idea de que fuese ella la que no encajaba. Y le resultaba desolador saber que tendría que olvidarse de lo que podía haber sido.

–Tienes razón –dijo por fin.

–Por una vez preferiría no tenerla –contestó Anna.

–Pero ¿qué puedo hacer? No puedo seguir utilizando maniobras dilatorias con Simon. Tiene derecho a ser el padre de su hijo. Y no podré quedarme cuando le entregue la custodia.

–Es un problema –concedió Anna–. Pero siempre hay una solución.

Tula suspiró.

–Me resultaba mucho más fácil cuando eras tú la que tenías problemas con los hombres.

–No me cabe la menos ruda –dijo Anna riéndose–. Pero ahora te toca a ti. Lo importante es lo que vayas a hacer.

–¿Qué puedo hacer?

Los últimos días habían sido maravillosos, y confusos. Cuidaba a Nathan y trabajaba en lo suyo durante el día y, por la noche, Simon estaba con ella. Entre los dos atendían al niño y, cuando lo acostaban, llegaba su momento.

El sexo era increíble. Y mejoraba cada vez que volvían a estar juntos. Pero ella tenía un sentimiento agridulce. Le encantaba estar con él, pero el problema era que lo quería. Cada día que pasaba en aquella casa se aproximaba un poco más a lo que pronto sería un pozo de desesperación.

Aunque, pensándolo bien, se dio cuenta de que ninguno de los dos había mencionado últimamente ese momento. Si había un monstruo en medio de la habitación y nadie hablaba de él, ¿tenía importancia?

Nathan parloteó y ella lanzó un suspiro.

—Si lo quieres, ¿por qué no vas por él? —preguntó Anna.

—Es lo que hago —le aseguró su amiga.

Ella le respondió riéndose.

—No me refiero al sexo, sino al amor. Sé que amas a Simon. Me resulta evidente. Y es posible que a él también.

—Espero que no —gimió Tula.

—¿Por qué? —Anna se volvió a mirarla—. ¿Por qué vas a ocultar lo que sientes? ¿No me has dicho siempre que trate de conseguir lo que deseo?

—Sí, pero…

—Si él no te corresponde, será distinto —se frotó la nariz manchándosela de verde—. Aunque me juego lo que quieras a que está enamorado de ti. ¿Cómo no va a quererte? ¿Qué hay en ti que no sea adorable? Además, ayer os vi juntos y esta mañana también. Su forma de mirarte…

—¿Cómo? —preguntó Tula esperanzada.

–Como si no hubiera nada más en la habitación –dijo Anna con una sonrisa–. Pero no podrás estar segura de lo que siente si no intentas que lo reconozca.

–¿Y cómo voy a hacerlo?

–¿Cuál es la mejor oportunidad para hacer que un hombre hable y dejarlo sin defensas al mismo tiempo? Justo después de hacer el amor. Están contentos, relajados y abiertos a todo tipo de sugerencias.

Tula pensó que eso era cierto a veces. De todos modos, valía la pena probar. Tula preguntó llena de admiración:

–¿Sabe Sam lo astuta que eres?

–Estoy segura de que sí –contestó Anna sonriendo con malicia–. Siempre se da cuenta tarde de lo que planeo.

–No sé…

–¿Quién dijo que en el amor y en la guerra todo vale?

–Tampoco lo sé, peo estoy segura de que fue un hombre.

–Así que –dijo Anna en voz baja– si un hombre puede ser astuto, ¿por qué no vamos a serlo nosotras? Mira –añadió– mientras estés aquí no te guardes nada. No puedes decirle que lo quieres, pero puedes demostrárselo. Haz que desee lo que podríais tener juntos. A eso me refiero.

Mientra su amiga volvía a centrarse en el mural y Nathan se examinaba los dedos de los pies con gran atención, Tula se puso a pensar.

***

–Vas a hacerlo, ¿verdad?

–¿El qué? –Simon no apartó la mirada de la máquina que lanzaba pelotas. Que le golpeara una a ciento cincuenta kilómetros por hora no le parecía divertido.

–Lo de Tula. Vas a estropearlo todo.

Simon golpeó la pelota hacia la izquierda. Sólo entonces miró a Mick, que estaba en la jaula de al lado.

–No sé de qué me hablas.

–Déjalo, Simon. Hace demasiados años que nos conocemos para que me engañes.

–¿No hace los suficientes para que te largues?

–Parece que no –contestó Mick de buen humor–. Además, siempre me puedes despedir si no te gusta lo que te digo.

Simon lanzó un bufido.

–Claro. Te despido y después aparece tu esposa y se lía a patadas conmigo.

–Eso es –contestó Mick con afabilidad–. Entonces, ¿qué pasa con Tula?

–Olvídalo, Mick. Hago lo que debo hacer.

–No –insistió su amigo–, haces lo que te dicta tu maldito orgullo, lo cual es distinto.

–Esto no tiene nada que ver con mi orgullo –masculló Simon, irritado porque su mejor amigo no estuviera de su parte.

Mick solía ser un excelente barómetro para Simon. Si ambos coincidían en algo, resultaba ser una buena idea. Si Simon no hacía caso de los consejos de Mick, era otra historia. Pero esa vez Simon sabía que Mick se equivocaba.

Desde que la amiga de Tula se había marchado el

fin de semana anterior, después de pintar el mural de un bosque, con el Conejito Solitario sentado debajo de un árbol, las cosas habían sido… distintas.

De hecho, los últimos días con Tula habían sido estupendos. Pero aquello no era real, sino algo que él había orquestado. Habían hablado, se habían reído, habían salido a merendar y a cenar. Sacaron a Nathan de paseo y lo montaron por primera vez en un columpio, lo cual les puso nerviosos a los dos. Él se había sentido más cercano a ella que a cualquier otra persona en su vida.

Pero las respuestas de Tula no eran reales para él, porque la había seducido por un motivo concreto. Así que, si lo que él había hecho no era honrado, ¿cómo podían ser las reacciones de ella genuinas?

Si, de vez en cuando, se sentía culpable por haberla convertido en un arma contra su padre, rechazaba inmediatamente el sentimiento. Él no era de los que se sentían así. Además, Tula era una persona adulta y capaz de decidir por sí misma. Y había decidido acostarse con él.

Pero mientras se lo decía, una vocecita en un rincón del cerebro le susurró: «¿Habría decidido estar contigo si supiera lo que estás haciendo? ¿Si supiera que para ti sólo es una espada que blandir ante su padre?».

Incómodo ante la posible respuesta, no hizo caso de la pregunta. Y siguió diciéndose que Tula no era sólo el arma contra Jacob Hawthorne que llevaba años buscando, sino algo más. En realidad, Tula le importaba. No había sido su intención, pero le importaba.

Por eso estaba lanzando pelotas y discutiendo consigo mismo mientras su mejor amigo le tomaba el pelo. Pero lo fundamental era que el hecho de que Tula y él disfrutaran con la relación que tenían no implicaba que hubiera algo más.

Además, no se trataba de Tula

Se trataba de su padre.

Después de lo poco que ella le había contado de sus progenitores, incluso tendría que estarle agradecida por haber hallado la forma de vengarse del padre.

Volvió a lanzar.

Desde luego, ella le agradecería que la hubiera utilizado.

–Se trata únicamente de tu orgullo, Simon. Te engañó un tipo sin escrúpulos.

–Puedes jurarlo –respondió él volviéndose hacia su amigo, al que fulminó con la mirada–. Y recuerda que no sólo me engañó a mí, sino también a mi padre. Ese ladrón casi nos costó la casa, maldita sea.

No le hacía ninguna gracia que Jacob Hawthorne anduviera por ahí riéndose todavía de haber estafado a dos generaciones de la familia Bradley. Llevaba años deseando vengarse. ¿Iba a abandonar ese deseo por sentir algo por una mujer? ¿Podía abandonarlo?

–¿Y reaccionas convirtiéndote tú también en un canalla sin escrúpulos?

–¿De qué demonios hablas?

Mick negó con la cabeza, claramente indignado.

–Si utilizas a Tula para vengarte de su padre, serás tan miserable como él.

Simon reflexionó sobre las palabras de su amigo durante un par de minutos, pero no les hizo caso porque, cuando había planeado algo, tenía que seguir hasta el final. Así lo había hecho siempre y no era el momento de cambiar. Ni siquiera estaba seguro de poder cambiar aunque quisiera.

–Tú no eres así, Simon –le dijo Mick–. Y espero que lo recuerdes antes de que sea demasiado tarde.

Unos días después, Tula se sentía feliz.

«Anna tenía razón», pensó. Aunque no le había confesado su amor a Simon, había tratado de mostrarle en los días anteriores lo importante que era para ella. Y estaba segura de que él se había dado cuenta. Lo veía en su sonrisa, en sus caricias, en las palabras que le susurraba por las noches y en la fuerza con la que la abrazaba mientras se dormían.

No había vuelto a hablar de contratar a una niñera. Tampoco habían hablado de que él tuviera la custodia completa de Nathan. Los tres se hallaban en una especie de limbo, en un estado de parálisis en el que no avanzaban ni retrocedían. Era como si estuvieran atrapados en el presente mientras Simon y ella decidían lo que les esperaría en un futuro aún impreciso.

A ella no le gustaba esperar. Reconocía que no era una persona paciente, pero trataba de luchar contra su inclinación natural de agarrar a Simon por los hombros y zarandearlo hasta que reconociera que la quería.

–Tal vez resulte, Nathan –le dijo al niño mientras lo vestía para dar un paseo hasta la librería–. Quizá lleguemos a ser una familia de verdad.

El niño se rió y aplaudió.

–Buen chico –lo besó, lo tomó en brazos y lo sentó en el cochecito–. Ahora, Nathan, ¿qué te parece si vamos a ver a la señora de la librería y hablamos de la firma de libros de este fin de semana?

Simon llevaba días viviendo en dos mundos distintos.

En uno de ellos experimentaba una felicidad desconocida hasta entonces; en el otro, una negra nube de desgracia se cernía sobre él y le hacía presentir que estaba a punto de cometer el mayor error de su vida.

Iba andando por una calle muy transitada del centro de San Francisco sin prestar atención al bullicio que lo rodeaba. Andaba con la mirada fija y con una expresión de ferocidad tal que los peatones se apartaban a su paso.

Le asaltaban demasiados pensamientos para procesarlos a la vez, y eso era algo a lo que no estaba acostumbrado. Su capacidad de concentración era casi legendaria. Pero ya ni siquiera el funcionamiento de los grandes almacenes Bradley conseguía que centrara la atención, por lo que se sentía conmocionado. La cadena Bradley siempre había sido el pilar de su vida, recuperar lo que la familia había perdido y que la compañía creciera hasta convertirse en la mayor del país.

Eso eran metas tangibles.

Los últimos diez años de su vida los había dedicado a hacer que esos sueños fueran realidad. Pero ya no eran sus únicas metas.

Tula.

Pensó que todo se resumía en ella mientras esperaba con impaciencia a que el semáforo se pusiera verde. A su alrededor, un adolescente bailaba con la música que salía de sus cascos; una joven madre acunaba a su bebé; los taxis tocaban la bocina; alguien gritaba; y, en general, el mundo seguía girando.

Para todos menos para él.

Simon sabía que nada lo obligaba a hacer lo que iba a hacer, que no tenía que entrar en aquel restaurante carísimo a las doce y media y toparse «accidentalmente» con el hombre al que, desde hacía años, quería hundir. Sabía que aún tenía la posibilidad de apartarse de su plan y de la decisión que había tomado antes de que Tula se convirtiera en algo tan importante para él.

Tula.

Allí estaba de nuevo. Era el centro de sus pensamientos. Su pelo rubio y suave; su pronta sonrisa; el hoyuelo que seguía conmoviéndolo cada vez que se le formaba en la mejilla. Allí estaba con sus historias de niños que se hacen amigos de conejos. La veía acunando a Nathan en mitad de la noche; en la cocina, bailando mientras cocinaba; en su casita de Crystal Bay, tan pequeña pero tan llena de vida y de amor.

Tula había entrado en su vida y la había vuelto del revés.

El semáforo cambió y cruzó con la multitud.

Tula, Nathan y él llevaban días formando lo que pensaba que nunca tendría: una familia. Reírse con el niño por las tardes, abrazar a Tula la noche entera y despertarse con ella acurrucada contra él bastaba para enloquecer a un hombre.

Él no había planeado que su vida fuese así.

Nunca había pensado en niños, conejos ni mujeres inteligentes que lo besaran como si en su boca se hallara la última posibilidad de respirar del planeta. Ya era incapaz de imaginarse la vida sin ellos.

Y no sabía qué demonios hacer al respecto.

El viento venía helado del mar y le congelaba la sangre en las venas.

Se detuvo frente al restaurante para estudiar la situación.

Si Mick tuviera razón, entrar para hundir a Jacob arruinaría lo que había entre Tula y él, fuera lo que fuera. En cambio, si no entraba y al final no surgía nada de su relación, habría desperdiciado la oportunidad de vengarse de un hombre al que llevaba años odiando.

Se frotó la nuca y permaneció inmóvil, rodeado de un mar de peatones que iban y venían, como una roca en medio de un torrente. Por primera vez en su vida, no sabía lo que hacer.

Por primera vez se preguntó si no debería dar prioridad a otra cosa que no fueran sus necesidades.

–«¡Decídete de una vez, maldita sea!», exclamó para sí mientras miraba a través de los grandes ventanales a los comensales.

Entonces vio a Jacob Hawthorne.

Se quedó paralizado. El anciano reinaba con prepotencia entre un grupo de hombres de negocios que había en una de las mesas. ¿Qué estaría tramando? ¿Qué empresa estaría tratando de arruinar?

Su mente se llenó de imágenes de Tula, como si su subconsciente tratara de luchar contra lo que veía, de recordarle lo que podría tener y lo que perdería.

Tula: la hija de su enemigo. No debía haber confiado en ella, pero lo hacía. Ella no debía importarle, pero le importaba.

Se dijo, mientras abría la puerta del restaurante, que, de todos modos, no era suficiente.

Se lo debía a su padre y se debía a sí mismo que aquel hombre sufriera un golpe que se merecía desde hacía años.

Y nada podría detenerlo.

Capítulo Doce

Había carteles de la portada de su último libro en caballetes situados en la entrada de la librería. La dirección había puesto incluso su foto en el anuncio del autor que leería y firmaría aquella semana.

Tula, un poco avergonzada, trató de no mirar su fotografía.

—¡Señorita Barrons! —Barbara estrechó la mano que Tula le tendía y después señaló el anuncio—. ¿Le parece bien?

—Muy bien —contestó Tula al tiempo que pensaba que necesitaba una nueva foto publicitaria—. Gracias.

—No es ninguna molestia, créame —le dijo Barbara—. Hemos vendido tantos libros suyos que va a pasarse horas firmando este fin de semana.

—Es una buena noticia —contestó Tula mientras tomaba en brazos a Nathan, que había comenzado a quejarse—. Tranquilo, cariño, no tardaremos mucho y después iremos al parque —le prometió.

—Tiene un hijo precioso —afirmó Barbara agarrándolo de la mano.

Complacida, Tula no la corrigió, sino que sintió que el corazón le rebosaba de orgullo y amor. Miró al pequeño en sus brazos, le sonrió y lo besó tiernamente. Miró a Barbara y le dijo:

—Gracias.

***

Simon se dirigió a la mesa de Jacob sin hacer caso de la camarera que trataba de detenerlo. Miró fijamente al anciano sin prestar atención al resto de los comensales ni a los tres ejecutivos que estaban con él.

Sólo veía al hombre del que quería vengarse, al hombre que había destruido a su padre y que casi había arruinado la compañía que su familia había ido creando a lo largo de generaciones.

Se detuvo al lado de la mesa y observó a su enemigo. Tula había heredado sus ojos azules, pero la diferencia era la falta de calidez y de sentido del humor en los de Jacob. Simon pensó que ella no se parecía en nada al padre y que era increíble que una persona tan afectuosa como Tula descendiera de un hombre con hielo en las venas.

—Bradley —dijo Jacob mirándolo con ligero disgusto— ¿Qué haces aquí?

—He pensado que podíamos charlar un rato, Jacob —le contestó Simon sin molestarse en saludar al resto de los comensales.

—Estoy ocupado. Otra vez será —Jacob se volvió hacia el hombre a su derecha.

—Es ahora cuando me viene bien —replicó Simon en voz muy baja para que sólo quienes estaban a la mesa lo oyeran.

El anciano suspiró, volvió a mirarlo y dijo:

—Muy bien. ¿De qué se trata?

Por primera vez, Simon miró a los otros hombres.

—Tal vez fuera mejor que habláramos en privado.

–No veo la necesidad. Ésta es una reunión de negocios. Tú eres el intruso.

Tenía razón. Gracias a la información que Mick le había dado contra su voluntad, Simon supo dónde encontrar a Hawthorne.

En aquel momento, en el restaurante, no discutió con él. Se limitó a lanzar a sus acompañantes una mirada en la que dejaba claro que no estaba dispuesto a negociar. Éstos no tardaron en excusarse y ponerse de pie.

–Dadme cinco minutos –dijo Jacob.

–No necesito tanto tiempo –le aseguró Simon mientras los tres hombres se dirigían al bar.

El restaurante era antiguo y caro. Las paredes estaban forradas de madera de roble, la moqueta era roja y las sillas estaban tapizadas en cuero negro. Había velas en todas las mesas y los apliques de las paredes tenían bombillas de pocos vatios, por lo que el lugar parecía una cueva bien decorada.

Simon se sentó frente al anciano, que lo miraba con frialdad. Simon le correspondió. Era el momento que había esperado y quería saborearlo. Jacob le había arrebatado algo, casi había destruido a su padre. Simon también le había arrebatado algo.

El anciano estaba a punto de saber lo desagradable que podía ser la venganza.

–¿Qué es todo esto? –Hawthorne se recostó en la silla–. ¿Vienes a quejarte otra vez de que te quitara el terreno que querías? Porque si es así, no estoy dispuesto a escucharte. Es agua pasada.

–No he venido a hablar de tu turbia forma de hacer negocios.

–Tú la llamas turbia; para mí es inteligente y eficaz

–gruñó el anciano–. Si no has venido a eso, ¿qué quieres? Soy un hombre muy ocupado y no puedo desperdiciar el tiempo.

–Muy bien, iré al grano –dijo Simon aunque una voz interior le instaba a callarse, levantarse e irse antes de que fuera tarde. Pero al mirar los ojos de Jacob y su expresión de desprecio y superioridad que no se molestaba en ocultar, le resultó imposible hacerle caso.

–¿Y bien? –dijo Jacob en tono impaciente.

–Quería que supieras que mientras me robabas, yo también te he robado algo.

–¿El qué?

–A tu hija –Simon se odió por decirlo, pero esperó a ver la reacción del anciano. Cuando se produjo, no fue la que esperaba.

En un instante, la mirada de Jacob se había quedado vacía y helada.

–No tengo ninguna hija.

–Claro que la tienes –Simon se inclinó hacia delante y bajó la voz–. Tula, y está en mi casa.

Jacob lo traspasó con la mirada.

–Talluhah Barrons ya no es mi hija. Si has venido a eso, hemos terminado.

–¿Rechazas a tu propia hija? –Simon lo miró desconcertado.

Jacob apartó la mirada e hizo una seña a la camarera. Cuando ésta se acercó, le dijo:

–Por favor, diga a mis invitados que ya podemos continuar la reunión. Están en el bar.

–Sí, señor –contestó la camarera y se apresuró a ir en su busca.

–Tula no te importa en absoluto, ¿verdad? –Simon

143

no se había movido y no podía dejar de mirar al anciano a los ojos.

–¿Por qué demonios iba a importarme? Tomó una decisión. Ahora, lo que haga o –añadió con malicia– con quién lo haga no es asunto mío. Hemos terminado, Bradley.

Anonadado, Simon se sintió sucio.

Estaba sentado a la misma mesa que su enemigo. Era extraño, pero siempre se había imaginado que el momento de su venganza sería dulce y profundamente satisfactorio. Había creído que se marcharía con la cabeza alta y muy seguro de sí mismo al saber que había superado al viejo.

Que había ganado.

Por fin.

En cambio, todos aquellos años anticipando ese momento habían sido un fracaso. Se sentía como si hubiera bajado a una alcantarilla a disputarle un hueso a una rata.

Era evidente que Mick tenía razón. Se había rebajado a la altura de Jacob Hawthorne y tenía un sabor amargo en la boca.

Pasaron por su mente imágenes de Tula y fueron como una brisa fresca en un día abrasador. Ella era la persona de gran corazón que él nunca había sido. Ella era las sonrisas, la calidez y la alegría que él no conocía. Todo en ella se oponía a lo que él era y a lo que habían sido sus padres. Tula era el corazón que le faltaba a su vida y ni siquiera se había dado cuenta.

Y la había traicionado.

La había utilizado contra un hombre que ni se daba cuenta de la mujer maravillosa que era su hija.

Pero si Jacob Hawthorne estaba ciego, también lo había estado él. Y en aquel momento veía.

Pero ya era tarde.

Se puso de pie lentamente y miró a Jacob. Hizo un movimiento negativo con la cabeza y le dirigió unas últimas palabras:

–Llevo años odiándote a muerte y resulta que no valía la pena.

Simon encontró a Tula en el salón, acurrucada en un sillón y leyendo. Ella alzó la vista cuando entró y la sonrisa que le dedicó lo desgarró por dentro. Había decidido decirle la verdad. Toda. Pero sabía que, cuando lo hiciera, destruiría todo lo que había entre ellos. Todo terminaría. Y tendría que vivir sabiendo que había hecho daño a la única persona del mundo a la que no hubiera debido hacérselo.

–¿Qué te pasa, Simon? –se levantó y se dirigió hacia él con una mirada de preocupación.

Él alzó la mano para que se detuviera porque no creía que pudiera confesarle nada si la tenía en sus brazos. Si volvía a sentirla junto a él, no podría dejarla ir. Y eso era lo que tenía que hacer.

–Hoy he visto a tu padre –le espetó. No había una manera fácil de decirle aquello.

Tula se quedó boquiabierta y lo miró desconfiada.

–No sabía que lo conocieras.

–Pues sí. ¿Recuerdas que te hablé de un hombre que había estado a punto de quitarle esta casa a mi padre y que me robó un terreno delante de mis narices?

–Mi padre.

–Sí –se dirigió al mueble-bar y se sirvió un whisky, que se bebió de un trago como si fuera una medicina que le fuera a quitar el frío que sentía en su interior–. Verás, cuando averigüé quién eras –musitó mirando el vaso que tenía en la mano antes de volverse a mirarla– se me ocurrió la brillante idea de utilizarte para vengarme de tu padre.

Ella hizo un gesto de dolor. Él se dio cuenta y lo sintió como si fuera suyo. Se odió por habérselo causado, pero ya no podía detenerse. Tenía que contarle todo. ¿No decían que la confesión liberaba el alma? A él no se lo parecía. Era más bien como si te la fueran arrancando a tiras.

–Hoy le he dicho que estábamos juntos –esperó a que ella reaccionara, pero la única señal que dio de haberlo oído fue una expresión de dolor resignado en la cara.

–Te podía haber dicho –dijo ella por fin, tras un tenso silencio– que no le importaría. Mi padre me repudió cuando decidí, según decía él, «desperdiciar mi inteligencia escribiendo libros para mocosos llorones».

–Tula… –había escuchado un antiguo dolor en su voz y lo había visto en sus ojos. Todo su ser lo impulsaba a acercarse a ella, a abrazarla, a… quererla como se merecía. Pero sabía que ya no sería bien recibido, lo cual le causó un inmenso dolor.

–Tu padre es un idiota –masculló Simon–. Y yo también lo he sido. No quería contártelo, pero tenías derecho a saberlo.

–Ah –dijo ella con tristeza – ahora tengo derecho a saberlo.

Él apretó los dientes, pero consiguió decir:

–No era mi intención hacerte daño.

–No –concedió ella –probablemente no. Ha sido la consecuencia de tu intención de conseguir lo que querías. En cierto modo, no me sorprende. Al conocerte, supe que eras como mi padre. Lo único que sabéis los dos es hacer negocios y utilizar a los demás.

Él dio un paso hacia ella, pero se detuvo cuando Tula retrocedió instintivamente. ¿Cómo iba a rebatirle lo que acababa de decir? Tal vez él fuera incluso peor que su padre, porque había visto de verdad cómo era ella y, de todos modos, le había mentido y la había utilizado.

Volvió a pensar en el encuentro con Jacob. Sabía perfectamente la clase de hombre que era y, como no introdujera cambios en su vida, acabaría siendo tan frío y despiadado como él.

Eligió las palabras con cuidado para decir:

–Sé que no tienes ningún motivo para creerme, pero no soy el que era cuando viniste aquí. Lo que es más, no quiero serlo.

–Simon… –dijo ella negando con la cabeza.

–Déjame terminar –tomó aire y continuó–. Hay muchas cosas que debería decirte, pero tal vez ya no tenga derecho a hacerlo. Así que creo que la única forma de demostrarte que no soy el que crees es dejarte ir.

–¿Cómo?

–¡Maldita sea! –exclamó él mientras se pasaba la mano por el pelo con tanta fuerza que podía habérselo arrancado–. Es lo único decente que puedo hacer –la miró a los ojos–. Los dos sabemos que ya estoy listo para ocuparme de Nathan. Contrataré a la mejor niñera del país para que me ayude. Y tú podrás volver a casa, marcharte de aquí y alejarte de mí. Es lo que debo hacer.

Tula sintió que el suelo se hundía bajo sus pies. Se tambaleó como si la hubieran golpeado de forma inesperada. Bastante tenía ya con saber que el hombre al que amaba se había limitado a fingir que ella le importaba para utilizarla contra un padre al que su hija no le importaba lo más mínimo. Bastante tenía con que sus sueños y esperanzas yacieran hechos trizas a sus pies.

Además, tendría que marcharse, dejar al niño y a Simon.

Por su propio bien.

El dolor había cobrado vida en su interior y rugía mientras se instalaba de manera permanente en el negro vacío donde había estado su corazón.

Herida, humillada y harta de que la utilizaran las personas en quienes debía haber podido confiar, lanzó un suspiro.

—¿No te das cuenta, Simon —susurró con tristeza— de que incluso en esto te estás comportando como mi padre?

—No —respondió él.

Ella no lo dejó seguir porque no quería oír nada de lo que él tuviera que decir.

—Si me dejas marchar no lo haces por mí, sino por ti, por cómo te sientes por lo que has hecho y para recuperar parte del honor que crees haber perdido.

—Tula, eso no…

—¿Y si no quisiera irme? ¿Qué pasaría entonces?

Naturalmente, él no tenía respuesta. Pero tampoco importaba porque Tula no la esperaba. Era tarde para los dos y ella lo sabía. Tenía que marcharse a pesar de que al hacerlo se le desgarrara el corazón.

–Nathan está durmiendo –dijo en voz baja –. Si no tienes inconveniente, me iré ahora, antes de que se despierte. No creo que sea capaz de despedirme de él.

–Tula, al menos deja que…

–Ya has hecho bastante, Simon –le aseguró ella mientras se dirigía hacia la escalera–. Dile a tu abogado que se ponga en contacto conmigo y firmaré los papeles necesarios para entregarte la custodia de Nathan. Y prométeme que lo querrás por los dos.

Los días siguientes, Simon y Nathan se sintieron muy desgraciados.

Nada era igual. Simon no podía trabajar. No le importaban en absoluto ni las fusiones ni las adquisiciones ni el precio de las acciones de la compañía. No podía soportar que Mick le dijera cada cinco minutos «te lo dije». El recuerdo de Tula en aquella casa era tan intenso que su ausencia la había convertido en un lugar vacío y oscuro.

Su hijo y él estaban perdidos sin la mujer que los dos querían.

Nathan no hacía más que llorar por la única madre que recordaba. Simon lo consolaba, pero era un esfuerzo inútil porque sabía exactamente cómo se sentía el niño. Y ninguno de los dos obtendría consuelo si Tula no estaba con ellos.

Simon ni siquiera había contratado a una niñera. No quería que otra mujer abrazara a Nathan. Quería que Tula volviera con ellos, que era donde estaba su sitio. Cada día que transcurría sin ella aumentaba su sensación de vacío. Soñaba con ella y con poder abrazarla.

Se había enamorado de alguien que probablemente no lo soportara. Había tenido una familia y quería volver a tenerla. Había sido un idiota de primera. Un imbécil. Pero esperaba que Tula, con su inmenso corazón, fuera capaz de perdonarlo incluso a él.

Si Tula no hubiera prometido ir a firmar libros, no sabía si habría tenido el valor de volver a la ciudad. Antes evitaba San Francisco porque le recordaba a su padre. Ahora tenía más motivos.

Nathan y Simon se hallaban sólo a unas manzanas de la librería, en aquella casa victoriana que había llegado a querer y a considerar suya. Sin duda se estarían adaptando a su nueva vida con la ayuda de una niñera. Tula se preguntó si la echarían tanto de menos como ella a los dos.

Se sentó en la «alfombra de lectura» y echó una ojeada a los rostros expectantes que la rodeaban. Los padres estaban un poco apartados y observaban a sus hijos disfrutando de su emoción. Y Tula se dio cuenta de que no podía separarse de Simon y Nathan.

Sí, Simon le había hecho mucho daño. Pero se lo había confesado todo. No debía haber sido fácil reconocer lo que había hecho. Ya era algo que al final hubiera sido sincero con ella.

A pesar de lo dolida y desgraciada que se sentía, tenía muy clara una cosa: seguía queriendo a Simon. Y cuando acabara de firmar libros, iría a verlo. Se presentaría en su casa y le diría que seguía amándolo. Tal vez a él le diera igual, pero tal vez, si ella se arriesgaba, pudieran empezar de nuevo y volver a formar una familia.

Con esa idea en mente, sonrió a los niños y les preguntó:

–¿Estáis listos para oír cómo encontró el Conejito Solitario un amigo?

–¡Sí! –una docena de voces infantiles gritaron al unísono.

Tula se echó a reír y se sintió más liviana de lo que se había sentido desde que se marchó de casa de Simon.

Abrió el libro y se puso a leer. Y durante la media hora siguiente dedicó toda su atención a su joven audiencia. Cuando acabó la lectura de la historia del Conejito Solitario y un gatito blanco, los niños aplaudieron y los padres tomaron ejemplares de sus libros.

Tula sonrió para sí mientras los firmaba. Dedicó un par de minutos a cada niño y les daba pegatinas del Conejito Solitario para ponérselas en la camiseta.

Se estaba divirtiendo a pesar de la inquietud que le producía la visita que haría a Simon.

Entre el ruido y la confusión reinantes, Tula sintió que alguien la observaba. Se le puso la carne de gallina y se le aceleró el pulso incluso antes de alzar la vista y mirar los ojos castaños de Simon. En vez de uno de sus trajes bien cortados, llevaba unos vaqueros y una camiseta con el logo del Conejito Solitario. Nathan estaba en sus brazos y llevaba una camiseta igual.

Tula rió primero y después contuvo la respiración, temerosa de darle a aquella sorprendente visita una importancia que no tenía. Tal vez Simon estuviera allí para ofrecerle la oportunidad de despedirse de Nathan. Quizá la emoción que expresaban los ojos de Simon sólo fuera producto del arrepentimiento y el afecto. Tenía que averiguarlo o se volvería loca.

Se levantó lentamente, sin apartar su mirada de la de él. El corazón le latía desbocadamente. Cuando Nathan le echó los brazos, lo agarró contenta de volver a sentir su calor y su peso.

Simon se encogió de hombros y dijo:

–Yo, esto… Vi el anuncio en el escaparate de que hoy estarías aquí.

–Y has venido –susurró ella mientras acariciaba la espalda del niño.

–Claro que he venido –respondió él sin dejar de mirarla a los ojos y diciéndole en silencio todo lo que ella siempre había querido oír.

Todo estaba en sus ojos. Ya no le ocultaba nada. Así que ella tampoco lo haría.

–Iba a ir a verte cuando acabara.

Él sonrió y se le acercó.

–¿En serio?

–Tenía que decirte una cosa,

El debió de ver escrito en el rostro de ella lo que necesitaba porque habló sin perder un segundo.

–Déjame que hable yo primero. Tengo muchas cosas que decirte, Tula.

Ella rió y miró a los padres y niños que la rodeaban, todos los cuales los observaban con interés.

–¿Ahora?

El miró a la audiencia y se encogió de hombros como si no tuviera ninguna importancia.

–Aquí y ahora.

Ante el asombro de Tula, puso una rodilla en tierra y la miró a los ojos.

–Simon…

–Yo primero –dijo él con una sonrisa–. No puedo vivir sin ti, Tula. Lo he intentado y no soy capaz. Eres el aire que respiro, mi corazón, todo lo que necesito y de lo que no puedo prescindir.

Alguien de la audiencia suspiró, pero ninguno de los dos le prestó atención.

–¡Oh, Simon! –tenía los ojos llenos de lágrimas, pero parpadeó para no llorar porque no se quería perder ni un instante de aquello.

Él la tomó de la mano y se incorporó lentamente.

–Te quiero. Eso era lo primero que tenía que haberte dicho. Pero te compensaré diciéndotelo a menudo. Te quiero. Te quiero.

Tula soltó una breve risa y después volvió a reír cuando Nathan gorjeó y se rió con ella.

–Yo también te quiero –le dijo a Simon mientras creía que el corazón se le saldría del pecho–. Eso era lo que iba a decirte. Te quiero, Simon.

–Cásate conmigo –dijo él inmediatamente como si tuviera miedo de que ella fuera a cambiar de opinión–. Sé mi esposa y la madre de Nathan. Quédate conmigo para que ninguno de los dos volvamos a ser como el Conejito Solitario.

–Sí, Simon –afirmó Tula mientras se abrazaban.

Allí en la biblioteca, mientras tenía entre sus brazos lo que más quería del mundo, Simon oyó que los espectadores los aclamaban. Miró a Tula a los ojos y se inclinó para besarla y se dio cuenta de que, como el conejo de felpa del que ella le había hablado, volverse real era un proceso doloroso.

Pero merecía la pena.

Epílogo

Año y medio después, Simon instaba a Tula.

–¡Empuja! ¡No pares! ¡Casi lo has conseguido!

–Empuja tú durante un rato, ¿vale? Yo voy a descansar.

–¡Eh! –dijo la doctora que se hallaba a los pies de la cama–. Aquí nadie va a descansar todavía para tomarse un café.

Simon rió y besó a Tula con fuerza en la frente.

–En cuanto acabe esto, los dos nos tomaremos un descanso –le dijo–. Y te prometo que no volveremos a repetirlo.

–Claro que lo haremos –respondió Tula–. Quiero tener seis hijos como mínimo.

–Vas a acabar conmigo –gimió él. Luego añadió–: Venga cariño, empuja otra vez.

Tula le sonrió a pesar del dolor que expresaban sus ojos. Empujó, se detuvo y tomó aire.

–Aquí viene otra vez.

Simon nunca se había sentido tan aterrorizado y tan emocionado a la vez. Su maravillosa esposa era el ser humano más valiente y más fuerte del mundo. A su lado, se sentía humilde y agradecido de tenerla junto a él.

–Sabes pelear, Tula, y puedes hacer esto. Estoy a tu lado, cariño, vamos a acabar –y rogó en silencio que fuera rápidamente.

Mick le había avisado de que el parto era duro para el marido. Pero Simon no se imaginaba lo que sería estar al lado de la mujer a la que amaba y verla sufrir. Ella, como era de esperar, había insistido en que fuera un parto natural.

Simon se prometió que, si volvían a pasar por aquello, le exigiría que tomara medicación. O la tomaría él.

–Vamos, Tula –la animó la doctora Liz Haney–. Un poco más.

Tula apretó los dientes y agarró la mano de Simon con tanta fuerza que él le juraría después que pensaba que se la había roto. Entonces, se oyó un débil llanto. Ella rió y Simon suspiró aliviado por primera vez en meses.

–¡Es un niño! –la doctora dejó al bebé, que berreaba, sobre el pecho de Tula.

–Es maravilloso –dijo Simon–. Como su madre.

–Hola, Gavin –lo saludó Tula, con un suspiro de cansancio, mientras le acariciaba la espalda–. Te estábamos esperando. A tu hermano mayor le va a encantar conocerte.

Simon estaba tan emocionado que apenas podía respirar. El mundo era perfecto. Tula estaba bien y tenían otro hermoso hijo.

Su agotada esposa lo miró.

–Deberías llamar a Mick y Katie para que te digan cómo está Nathan y para comunicarles que el pequeño Gavin ya ha llegado.

–Lo haré –Simon se inclinó y la besó con adoración–. ¿Te he dicho últimamente que te quiero?

–Todos los días –susurró ella con ojos cansados

pero brillantes de felicidad y satisfacción por el trabajo bien hecho.

–Vamos a llevarnos al niño para limpiarlo –afirmó una de las enfermeras al tiempo que lo tomaba en brazos.

Tula los vio marcharse y después sonrió a Simon mientras sonaba su teléfono móvil para indicarle que le había llegado un mensaje.

–Creí que lo habías apagado.

–Iba a hacerlo, pero se me olvidó –respondió él sonriendo mientras leía el mensaje–. No es para mí. ¡Tu agente te ha puesto un correo electrónico para decirte que tu último libro ha aparecido en la lista de *The New York Times*! Felicidades, cariño.

Tula sonrió de oreja a oreja. Aunque era una noticia estupenda no se podía comparar con lo que sentía todos los días. Tomó la mano de Simon y declaró:

–Sabía que el libro funcionaría bien. ¿Cómo no iba a hacerlo con ese título?

Él sonrió y volvió a besarla.

–*El Conejito Solitario encuentra una familia* –susurró. Y añadió–: Espero que sea tan feliz como yo con la mía.

Deseo

Treinta días de romance

CATHERINE MANN

La intrépida reportera Kate Harper pretendía infiltrarse en la familia real entrando por el dormitorio del príncipe Duarte Medina. Pero Duarte había pillado a la reportera con las manos en la masa... y pensaba aprovecharse de ello; si Kate Harper quería su artículo tendría que aceptar sus condiciones: convertirse en su prometida.

Sería un acuerdo temporal para tranquilizar al padre de Duarte, pues de ningún modo el hijo mediano de los Medina pensaba dejar de ser soltero.

Sería suya durante los siguientes treinta días con sus treinta noches

Acepte 2 de nuestras mejores novelas de amor GRATIS

¡Y reciba un regalo sorpresa!

Oferta especial de tiempo limitado

Rellene el cupón y envíelo a
Harlequin Reader Service®
3010 Walden Ave.
P.O. Box 1867
Buffalo, N.Y. 14240-1867

¡Sí! Por favor, envíenme 2 novelas de amor de Harlequin (1 Bianca® y 1 Deseo®) gratis, más el regalo sorpresa. Luego remítanme 4 novelas nuevas todos los meses, las cuales recibiré mucho antes de que aparezcan en librerías, y factúrenme al bajo precio de $3,24 cada una, más $0,25 por envío e impuesto de ventas, si corresponde*. Este es el precio total, y es un ahorro de casi el 20% sobre el precio de portada. !Una oferta excelente! Entiendo que el hecho de aceptar estos libros y el regalo no me obliga en forma alguna a la compra de libros adicionales. Y también que puedo devolver cualquier envío y cancelar en cualquier momento. Aún si decido no comprar ningún otro libro de Harlequin, los 2 libros gratis y el regalo sorpresa son míos para siempre.

416 LBN DU7N

Nombre y apellido	(Por favor, letra de molde)

Dirección	Apartamento No.

Ciudad	Estado	Zona postal

Esta oferta se limita a un pedido por hogar y no está disponible para los subscriptores actuales de Deseo® y Bianca®.
*Los términos y precios quedan sujetos a cambios sin aviso previo.
Impuestos de ventas aplican en N.Y.

SPN-03   ©2003 Harlequin Enterprises Limited

Bianca

*Ella sabe que le debe a su marido, y a sí misma,
una segunda oportunidad*

Angie de Calvhos había
hecho de corazón sus votos
matrimoniales. Una pena que
Roque, su marido, no hubiera sido igualmente sincero.
Ella, que había esperado un
matrimonio feliz, se encontró
con una humillante separa-
ción publicada en todos los
medios pocos meses des-
pués de la boda.

Ahora, por fin, había en-
contrado el valor para dejar
de ser la esposa de Roque de
Calvhos de una vez por todas.
Pero había olvidado la pode-
rosa atracción que sentía por
su marido…

*Una segunda
luna de miel*

Michelle Reid

Deseo™

Una invitación indecente

HEIDI RICE

El magnate Connor Brody acababa de atrapar a un intruso. ¡Uno con ropa interior de satén! Aunque no se trataba de un asaltante, sino de su atractiva vecina Daisy Dean. Tras su acalorado encuentro, Connor se quedó con ganas de más. ¿Sería la cautivadora señorita Dean la respuesta a todas sus plegarias? Necesitaba asegurarse un acuerdo de negocios, y estaba decidido a terminar lo que habían empezado. Incapaz de resistirse a sus letales encantos, Daisy accedió a pasar dos semanas en Nueva York, ¡fingiendo ser su prometida!

¿La estaría contratando para casarse con ella?